The Poison
That Fascinates

Jennifer Clement

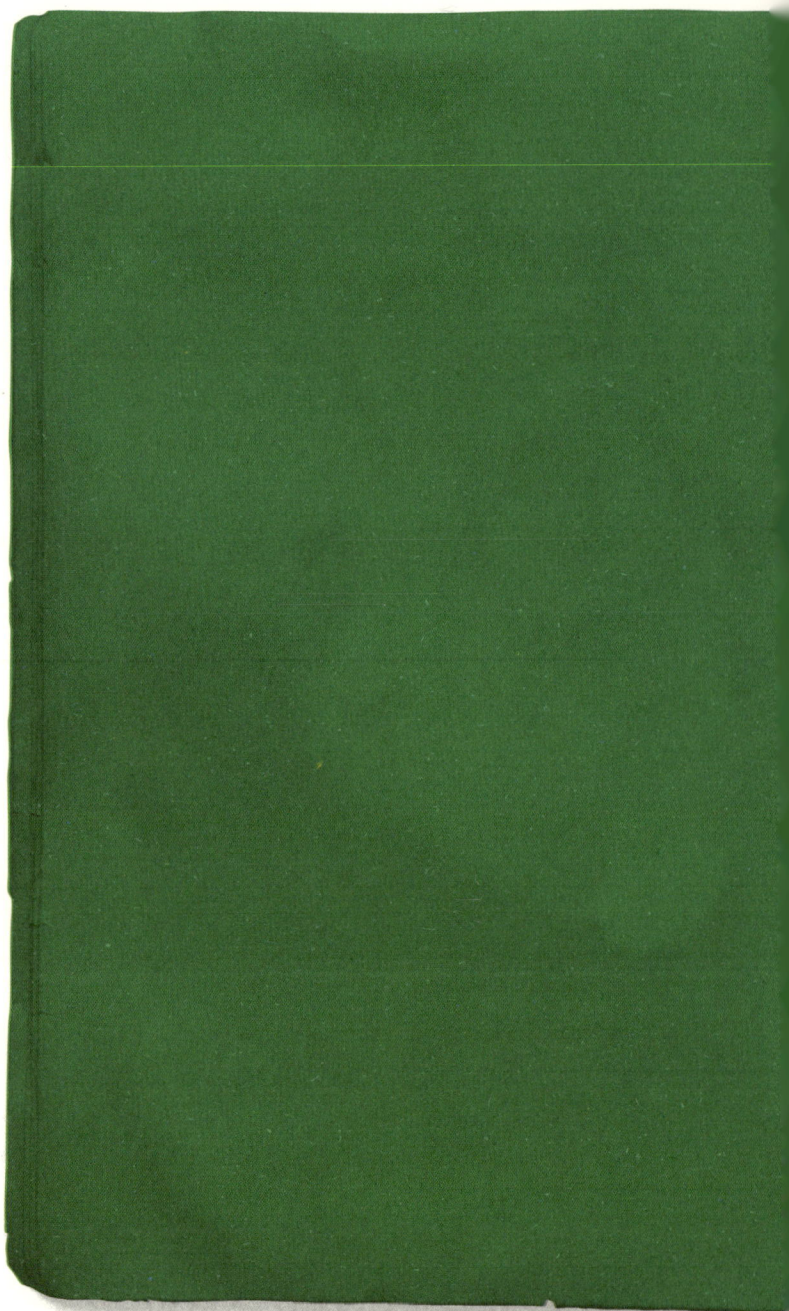

The Poison
That Fascinates

Jennifer Clement

迷药

【墨西哥】詹妮弗·克莱门特 著

匡咏梅 译

浙江文艺出版社

目录

● 女性罪犯身高比普通妇女矮;相对于其身高而言,妓女和女性谋杀犯体重比正派妇女重。

● 妓女的小腿比正派妇女粗。

● 女贼,尤其是妓女,其颅容量和颅围比正派妇女小。

● 女性罪犯的头发颜色比普通妇女深。这一特征在一定程度上同样适用于妓女。不过,某些研究表明,妓女中金发和红发的比例等同甚至超过于普通妇女。

● 普通妇女中比较罕见的灰发,在女性罪犯中的比例通常要比普通妇女高两倍还多。另一方面,在年轻女罪犯和中年女罪犯中,相比于普通妇女,秃头非常少见。成年女犯通常有明显的皱纹。

——摘自切萨雷·龙勃罗梭和古格列莫·费雷罗①
所著的《女性犯罪人论》(1893)

① 切萨雷·龙勃罗梭(1835—1909),意大利精神病学家、犯罪学家,人称"犯罪学之父"。古格列莫·费雷罗(1871—1943),意大利历史学家,龙勃罗梭的女婿。两人合著了《女性犯罪人论》一书。

页码单

第 4 页,非常平和。

第 13 页,一件剪碎的衣服。

第 34 页,墨西哥城的四月。

第 76 页,甜瓜的芬芳。

第 83 页,一处庇护之地。

第 100 页,南纬三十度。

第 108 页,一个森林里走失的孩子。

第 123 页,一个森林里发现的孩子。

第 124 页,一个森林里发现的不冷不饿的孩子。

第 185 页,一把刀。

百科全书和辞典养育了爱米丽·尼尔。她喜欢收集各种事实。她知道,她可以在地图上旅行,她可以在小说里迷情。

她知道,她可以在书中杀掉某个人。

她喜欢收集案例，
尤其是女性犯罪

爱米丽通晓各方神圣①——铅笔之神、截肢者之神、登山者之神、马戏团演员之神，还有千里眼之神。她知道，圣奥迪丽娅能治好盲人，大卫神是鸽子们的守护神。

墨西哥，每天都要纪念很多神。

沉船和断骨之神。

失物之神。

忘了晚间祈祷的女孩之神。

每天早上，很多墨西哥的电台和电视台，除了播送天气预报和交通实况，还要播报当天要纪念的神。

倒霉之神，专给那些命运不济背时背运的人设计的。

阿加塔院长把这些关于神的知识传授给爱米丽。院长认为，倘若

---

① 墨西哥文化崇尚万物有灵论，Saint 这个词有多种含义，可以是圣人、圣徒、保护神、守护神、主保圣人、人、神圣等等，每个圣人都有大量的传说故事。

人们对神有所了解,他们就能帮你逢凶化吉。每天都是纪念日。4月
19日,院长要为匆匆之神庆祝;4月23日,她又要为绣花人之神庆祝。
她还说,自己当了修女,根本的原因就是为了学习圣徒知识,传授圣徒
们的生平事迹。

阿加塔院长是个粗手大脚的女人。一双大手,大多数东西根本无
须两只手拿。她身上穿着日常的修女服,看上去就是个大号的天使,能
给站在边上的人遮阴蔽日。孩子们都想攀上这棵大树,攀上她躯体上
的大小树枝。她身上有股木头和树皮味,像鳄梨树的味道。

认识她的人都这么想,她当了修女,那是因为没有男人能爱上这样
大号的女人。没有男人能丢得起这样的人——为了娶她,还得做上一
张大床和一把大椅子。

爱米丽想,男人在她的臂膀里也许会不知所措。

阿加塔院长去市场买东西,向来不拿购物袋。右手托六个鸡蛋,左
手托五个西红柿。

院长住在墨西哥城的利马罗莎孤儿院。这座孤儿院始建于二十世
纪初,创始人是爱米丽的曾祖母。当时招募了一些修女、教师和看护来
帮忙,起初只收矿工家庭的孤儿。过了几十年,无论背景,只要是孤儿,
孤儿院都会接收。

爱米丽每周都到孤儿院工作几天。这是他们家的传统。她的曾祖
母、祖母和母亲都在孤儿院里做义工。对母亲,爱米丽没有什么印象,
不过,父亲告诉她,阿加塔院长就是母亲招聘过来管理孤儿院的。

"有一天,你妈妈回到家,"爱米丽的父亲说,"说她招到人了。好几
个星期,她都在面试别人,想找个合适的。等到见了阿加塔院长,她说

她总算找到了个靠谱的人。这个人能胜任院长的职务，扮好母亲的角色。她说，那个女人明白这个道理，一个人不能靠伤害别人来减轻自己的痛苦。"

多亏了阿加塔院长，爱米丽才知道，这句话是圣人安布鲁斯说的。圣安布鲁斯是蜜蜂们的守护神。

阿加塔院长说，她是那种能把鹅看成是天鹅的女人。"我喜欢不完整的东西。我所有的孩子都是不完整的，"她说，"我所有的茶杯也是坏的。管他什么东西，我才不会去修理呢。"爱米丽心想，阿加塔院长是个活着的奇迹。她言事摹物都是这么说的，"你可以摩擦字词去生火"，"字词不仅仅是事物的外衣"。

爱米丽的父亲管阿加塔院长叫"巨人"。他用意友善，因为他非常喜欢她。人人都喜欢她。孤儿院的孩子们开始还害怕她，很快，他们就知道她是一棵树，一堵墙，一座能留下影子的教堂。

爱米丽出生在 5 月 22 日，圣丽塔的纪念日。这位圣人会让人联想到她所庇护的流血和绝境中的人们。

爱米丽由父亲独自带大。父亲少言寡语，矜持拘谨。小时候，爱米丽就是那种孩子——一个人在小花园里坐着，不是看虫子看上好几个小时，就是用花园里的水管造出一条河来；要不就是绕着屋子溜达，心里头自言自语；要不就是花去整个下午整理厨房里的抽屉；要不就是在连环画上写写画画。像所有不合群的孩子那样，她会把一本书反反复复读上很多遍。尽管还是个孩子，她却喜欢读百科全书和年鉴。她喜欢阅读人们的生活，喜欢那些不可思议的事例。以前，她经常和父亲比赛，看谁能最先从书中找到最好玩的统计数字或故事。《吉尼斯世界纪录大全》是爱米丽最喜欢的书之一。

爱米丽读的是墨西哥国立自治大学，一周到孤儿院工作若干次。在大学里，她学习历史，做的论文就是关于圣徒们的生平事迹。她还保持着童年时代对陌生信息的热情，喜欢默记很多学科中的事实。

爱米丽读到，1486 年，墨西哥的特奥蒂瓦坎神庙，一次仪式上就有两万人的人殉。她知道很多科学发现。她知道盐的成分是钠和氯。

她知道这些事情：

泰坦尼克号最小的幸存者是米尔文娜·迪恩，当时只有八周大。

剪刀的部件叫剪口、剪片、剪把、剪柄、剪钉。

安德烈·维萨里[①]发现，男人和女人的肋骨数目一样多。过了七十岁，人可能会多长出一根肋骨，通常来说，这种状况发生在男人身上的几率要比女人多出三倍。

1816 年，艾萨克·牛顿爵士的一颗牙以两千多英镑的价格出售，买到它的那位英国贵族将这颗牙镶在了一枚戒指上。

听诊器传达出身体内部的声音，每次心跳传出两声。

毛发最多的女人叫朱丽娅·帕斯托娜，1834 年出生在墨西哥的一个印第安部落。除了眼睛，全身都覆盖着毛发。19 世纪 50 年代，她被带到世界各地展览，1860 年死后被制成了标本，直到 20 世纪 70 年代还在挪威和丹麦展出过。

声音用分贝测量。人所能听到的最轻的声音是 0 分贝。树叶沙沙

---

① 安德烈·维萨里(1514—约 1564)，著名的医生和解剖学家，近代人体解剖学的创始人。

响的声音是 10 到 20 分贝。轻声说话的声音是 20 到 30 分贝。

她的血型是 RH 阳性 A 型。

爱米丽收集事例，好比人们收集邮票、硬币和石头。除此之外，她还喜欢读神秘故事、侦探小说和谋杀案报道，尤其是女性谋杀案报道。卧室的书柜里有她的两个大本子，上面集满了各种关于妇女犯罪的报道。爱米丽知道，大多数杀人的妇女都是"黑寡妇"①和"药杀者"。为了钱财、为了复仇、为了"仁慈"、为了"当英雄"，她们都会去杀人。其中大部分都是温和的杀人犯，喜欢用毒药杀人，不愿冒身体接触的风险。

阿加塔院长认为，爱米丽对谋杀行为的爱好不太正常。

"你就是喜欢那些邪乎的事儿。我可真就纳闷了，"一天，爱米丽坐在孤儿院的厨房里喝咖啡，阿加塔院长说，"为什么现在闹得我也跟你一样了呢！"

"我只是想弄清楚，"爱米丽应道，"我只是觉得很有趣——这些都是故事，都是历史事实。不管怎么说，我就是想看看我内心深处到底是个法医呢，是个侦探呢，还是个罪犯。……"她笑了。

爱米丽博览群书，这些书告诉她，女性罪犯一般会采用茶杯、水盆、抽屉和顶针当武器——总之是可以藏毒药的地方。她还知道，一个字可以是一把刀，一滴眼泪可以是一把剑。

---

① 一种具有强烈神经毒素的蜘蛛。雌性性情"歹毒"，甚至会吞食自己的"丈夫"。这里是比喻的用法。

“你根本没必要弄清楚，不清楚不也长这么大了嘛。反正，有教养的人都是搞不清楚谋杀的。”阿加塔院长边说边给自己倒了杯咖啡。

“你清楚吗？”爱米丽问。

“我就知道一点，没什么事儿是人不能干的。说背叛就背叛，特定场合下，说杀人就杀人。有时候我想，历史就是对杀人的回忆。”

阿加塔院长每天早晨都会把报纸翻个底朝天。从桌上的玻璃罐子里掏出剪刀，把谋杀报道和有趣的事情裁下来再转交给爱米丽，年复一年，从不间断。爱米丽卧室梳妆台的抽屉里，这样的剪报堆成了一大堆，时间久了，不少都发黄变脆了。

阿加塔院长叹了口气，递给爱米丽一张修剪齐整的剪报：“我想你会喜欢这条的。登在昨天的报上，我给你留下了。老实说，我知道你会喜欢这条的。说的是一个修女杀了另一个修女的事儿。”

“多有意思啊……”

“这事儿很奇怪，你不觉得吗？一个女人杀死另一个女人。我可不记得以前读到过这样的东西。想想，她可是上帝的女儿啊！”

“女人杀女人的事儿很多，这不稀罕。那修女为什么杀人，报上说了吗？”

“说了，那个修女自己交代了。你拿去自己看吧，”阿加塔院长把手像杯子似的窝起来，拢着嘴说，“这儿白纸黑字写着呢，修女受到骚扰了，被人又捏又摸的，受不了。理由非常好，你不觉得吗？”

案例

美国加利福尼亚州可以判决死刑的罪行:特别情况下的一级谋杀;叛国罪;造成死刑的伪证罪;破坏铁路罪。

路易莎·皮特,本名洛菲·路易丝·普雷斯勒,后更名为"安娜·李"。她想把名字改得像明星那样有魅力。

"安娜·李"讲了些离奇的经历。过于不可思议,简直让人没法相信。无法想象,居然还能有人编出如此荒唐的故事来。

她说,她的一个至爱失踪了,因为他和一个"西班牙长相的女人"吵了一架,那女人用剑把他的胳膊切了下来。后来她又改口说,实际上切下来的是他的腿。他躲到隐秘之地疗伤去了,因为他不想让别人看到他的软弱。

她说,她的另一相好失踪了,因为他迷信自己是瓦尔特·雷利爵士①投胎转世来的,所以要去伦敦生活。"安娜·李"声称,那个相好喜欢假定她的房子是一艘船。

克林顿·达菲,圣昆丁监狱的看守,如此描述"安娜·李"——"纯真甜美的气质中裹着一颗冷冰冰的心。"

警察在她的证物中找到一只孔雀蓝丝绸钱包,里面有数十个白色的纽扣。这些纽扣都是她从受害人的衬衣上剪下来的。

① 瓦尔特·雷利爵士(1552—1618),文艺复兴时期英国的诗人、探险家、历史学家,女王伊丽莎白一世的宠臣。著有《世界史》一书。

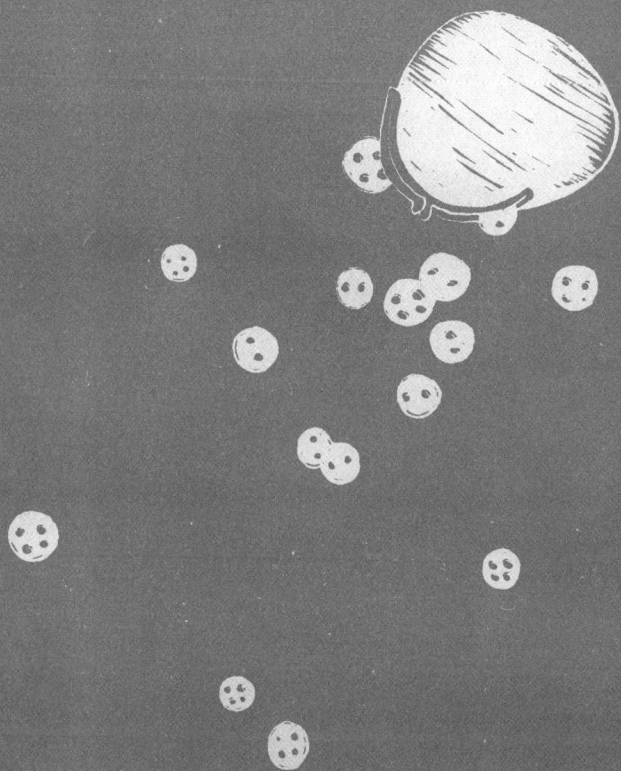

03

利马罗莎孤儿院

"小日本儿们"到孤儿院的那天，爱米丽发现家里有了些不同寻常的变化。有那么几个晚上，她觉得自己听到了开门的声音，还听到有人小声说话，压低嗓门哼哼的声音。

她看到自己用的垃圾桶里有一只香蕉皮。

爱米丽还发现，有些东西位置也不对了：厨房里，汤羹不在汤羹的抽屉里，跑到刀叉抽屉里去了。

不去大学的早上，爱米丽就去孤儿院。为了纪念佩德罗·罗梅罗·特尔雷罗斯，尼尔家族的人创建了利马罗莎孤儿院。那位大人物是从事采矿业的生意人，同时也是位慈善家。1710 年生人，出生在西班牙的卡塔赫纳①，死在墨西哥。他和他的致富故事广为流传，至今不衰。爱米丽的曾祖母着迷于此，看到那位富翁曾立下规矩，把银矿收入的五分之一用于建造孤儿院，她就下决心尼尔家族也要如此效法。

_____

① 卡塔赫纳，西班牙穆尔西亚自治区的一座城市，位于地中海沿岸。

孤儿院建在一座17世纪的殖民地建筑里，就在土狼区①靠尼尔家宅子不远的地方。最初，这儿曾是座咖啡仓库。尼尔家买下这座房子时，咖啡仓库已经废弃多年了。可是，无论他们怎么洗刷，房子里还是有股挥之不去的咖啡味。

孤儿院是幢两层的方形结构建筑，围起来合成一个内院。当年，这种样式的房子并不多。现在，二楼是孤儿们睡觉的地方，一楼是办公室、教室、厨房和阿加塔院长的住处。爱米丽的曾祖母把一块黑铁制成的匾额挂在孤儿院的进门处，上书"**每个孩子的家。利马罗莎孤儿院。1905**"的字样。

阿加塔院长说，她认为孤儿院的名字恰如其分。"这位圣徒，"她解释说，"拒绝嫁人，为此还专门用胡椒擦脸，让自己变得不那么招人。"

孤儿院的内院中心，有个圆形的石头小喷泉，上面贴着蓝白相间的塔拉维拉瓷砖②。石头上刻着素朴的十字架，周边环绕着简单的葡萄叶图案，这下边，有个喷水口，水就从那里流出来。内院的围墙刷成深蓝色，门廊和窗户则分别刷上黄边。

爱米丽来到孤儿院的时候，正赶上两个新孩子送进来。他们是堂兄妹，一个叫玛丽亚，一个叫希波里特。玛丽亚九岁，希波里特十岁。他们长得像东方人，初次见面，孤儿院的小孩儿们立马就给他们起了绰号，管他们叫"小日本儿们"。小孩儿们说，玛丽亚长得很像日本花生包装纸上的女人。

玛丽亚和希波里特还有他们爹妈一起，开着一辆运货车，从普埃布拉③

---

① 土狼区，又译"科瓦坎区"，艺术气息浓厚，如同巴黎的蒙马特、纽约的格林威治村。

② 塔拉维拉，墨西哥中南部普埃布拉州一小城，墨西哥最著名的工艺品生产地，盛产瓷砖。

③ 普埃布拉，墨西哥中南部普埃布拉州的首府。

运送玉米到墨西哥城，堂兄妹两人坐在货车后边的玉米捆中间。迎面开来一辆银灰色宝马，驾车人是个有名的政客。宝马车以每小时140公里的速度冲过来。躲闪不及，两车相撞，堂兄妹的爹妈双双身亡，小孩儿们被甩到马路上。虽说伤得不轻，两条小命还是保住了。

玛丽亚和希波里特坐着医院的救护车抵达孤儿院。猛地看上去，两个孩子怪里怪气的。最初几分钟，没人敢和他们说话。每个人都盯着他们看。有些小孩捂着嘴。阿加塔院长静静地站着，老长的胳膊吊在身体旁。

"小日本儿们"看上去怪里怪气，那是因为身上穿的衣服样式古怪。裤子只有一条腿，上衣没有袖子。希波里特只穿着一只鞋，没穿鞋的脚上，套着一条白色短袜。玛丽亚的上衣用一根绳子固定在腰上，右边的衣袖松松垮垮的，从灰毛衣肩膀处耷拉下来。大家花了半天工夫才明白，他们的衣服被裁去一块是为了方便打石膏。

阿加塔院长看到两个孩子，心急得不得了。她不是从站的地方走过去，而是三步两步跳过去，哆哆嗦嗦的，两只大手差点就碰到两个孩子身上了。不过，她没碰他们。没人想碰他们。

爱米丽怕他们一碰就碎了。

阿加塔院长赶紧为断骨之神——斯坦尼斯罗斯·科斯特卡——点上蜡烛。

玛丽亚和希波里特没完没了地互相亲着碰着。打着石膏，他们没法拥抱，没法伸手。爱米丽心想，看来，他们只能共同分担痛苦了。曾经熟悉的生活就剩下彼此，彼此就是全部。在彼此的眼睛里，他们才能看到彼此的父母。

希波里特记得自己观察过蚂蚁，记得圣诞节里点燃了橡胶轮胎当篝火，记得母亲答应他再过一个生日就给他买自行车。玛丽亚记得奶油蛋糕和菠萝水。他们最喜欢的词儿就是：记得。

"小日本儿们"说话细声细气。阿加塔院长给他们安排床铺，让玛丽亚睡在楼左侧的"女生"宿舍，让希波里特睡在楼右侧的"男生"宿舍。"小日本儿们"一听就傻眼了。两个人使劲说要睡一张床。阿加塔院长不吭气，瞪着他们俩儿，眉头紧拧，嘴唇紧憋。

"我觉得这样挺好，"过了一会儿，阿加塔院长说，两手搓在一起，好像在祈祷，"没问题，一点都没问题。好吧，好吧，我完全理解。"

旁边站着个隔三岔五来孤儿院工作的修女，负责管理全部的床铺。阿加塔院长问她哪张床最大。还说，他们要有自己的房间，还说，她会把厨房边上的餐具室收拾出一间来。"那些餐具室闻起来总是有股咖啡味，不过，你们会适应的。这也没办法，这房子的每道缝隙中都有这种味道。"

"小日本儿们"点点头。"我喜欢咖啡。"玛丽亚说。

"我也喜欢。"希波里特小声说，好像说话大声会弄得他更疼似的。

"如果需要的话，我们会请木匠打一张大床来。"阿加塔院长边说边把手搭在希波里特的头上，好像在祝福他。

院长宣布，由于两个孩子的伤势不允许他们外出，没法去上孤儿院的基础课。所以，每个孩子都必须为他们念书，直到他们伤愈。围着"小日本儿们"的孤儿们答应着。他们摸着"小日本儿们"的身体，想知道白石膏从哪儿打到哪儿。

爱米丽在孤儿院待了几乎一整天。回到家,父亲正在起居室里休息。此刻,他正听着旧唱机里亚古斯丁·拉腊①的歌:

女人,美如仙的女人,
你的眼睛里有迷药;
女人,你香气四溢,
橘子花盛开的香气。

他放下报纸,呷了一口龙舌兰酒。爱米丽亲了亲父亲的脸颊,在他旁边坐下。

他是她唯一的家。他是父亲、母亲、兄弟和姐妹。他跟爱米丽很亲。与此同时,他也认定,爱米丽就是孤儿院的一部分。那个地方,爱米丽可以管它叫家。以前,她大量时间都是待在那里,尽管她是个孩子,尽管后来她上了昂贵的英国学校。

爱米丽知道,自己是半个孤儿。小时候,她常常想,任何事物都是另外一些事物的一半。以前,她总爱翻字典,查这些词儿:半熟、半空、二分音符、半月、三心二意、半明半暗、半真半假、一半对一半,等等。她知道,这么多年来,那些孤儿之所以能够接受她,原因也在于此。

1963 年,在伦敦的墨西哥使馆举办的一场派对上,爱米丽的父亲认识了爱米丽的母亲。当时,她还在学习建筑,他则刚刚完成了伦敦经济学院的学位课程。

---

① 亚古斯丁·拉腊(1897—1970),墨西哥著名歌手。

"我问她愿不愿意离开伦敦到墨西哥来，她没有半点犹豫，马上就跟我来了。"多少年来，爱米丽的父亲都是这么对她说的，"好像她已经在这个国家生活了一辈子似的。到过这里的人不少都是这样的。他们再也不走了；有打算要走的，想着要走，想着想着就过完了余生。"

爱米丽的父亲没有再婚。他把后半生都贡献给了女儿、他在银行的工作以及他在孤儿院的那个名誉董事的位子。为了打发时间，他还花时间研究墨西哥谷地的蝴蝶、蛾子和甲虫的消失现象。他有几个大盒子，里面全是他小时候收集的标本：黄白相间的大蝴蝶、脆甲虫和翅膀上有黑点的毛蛾，最珍稀的标本都被他保存在折叠起来的绿色毡布中。

爱米丽拉着父亲的手，跟他说起孤儿院里接受"小日本儿们"的事儿。她看着父亲的脸——高高的前额，大大的蓝眼睛，眼睛里有白色的反光点。父亲的皮肤白皙，有点干，因为一辈子晒了很多太阳的缘故，还有些斑。

"这些孩子真可爱，"爱米丽说，"他们已经有绰号了。其他的小孩儿管他们叫'小日本儿们'，你见到他们，肯定会觉得他们很好。他们是堂兄妹，就是说各自家里还都留下了个人。阿加塔院长让他们睡自己的房间，因为他们俩半点也不想分开。"

"他们多大了？"

"我没问。看起来就是八九岁的样子。好像有点迟钝，你也知道，碰到这样的事，开始都是这样，我想，他们俩还没从那场事故中缓过劲来。而且，骨伤还没好。"

"不知道那个撞了运货车的政客怎么样了？"爱米丽的父亲问。他将手伸向龙舌兰酒的瓶子，又给自己斟了一杯。

"没人知道，也没人问。阿加塔院长说，人死不能复生，说什么都没用了。"

"她说得对。不过，"他边说边站起身来，手搭在胯间，使劲向后伸了伸腰，"可以肯定，他什么事儿都没有。没准这会儿正在阿卡普尔科①快活呢！"

"是啊，我想你说的没错。"

外面传来磨刀人尖厉的吆喝声。每隔三天，磨刀人就推着自行车，载着磨刀石路过这所房子。

"几十年下来，我认识了很多孩子，个个都有奇特的经历，"爱米丽的父亲继续说，"有时候想想真叫人不忍心。我到今天都忘不了一个小男孩，叫佩德罗，从来没有开口说过一句话。人们发现他的时候，他就住在查普特佩克公园②的一棵树下。跑起来像只松鼠，喜欢把东西藏在胳肢窝、嘴巴和衣服里。当时都上了报纸。他大概只有七岁，没有学过说话。他怎么成的这个样子了，我们不得而知。反正，十多岁时，他从孤儿院逃走了。"

爱米丽的父亲皱着眉头，呷了一口龙舌兰酒。他倒了些给爱米丽，她摇摇头表示不想喝。

"我太累了，"她边打着哈欠边说，"我想去睡了，明天还有个考试。"

"对了，"她的父亲从椅子处起身准备亲她一下，"你今天到过我的

---

① 阿卡普尔科，墨西哥格雷罗州一海滨胜地。

② 查普特佩克公园，墨西哥城的著名公园。

房间吗?"

"没有啊,"爱米丽说,"怎么了?"

"没什么,我只是奇怪……有人把窗子打开了。"

爱米丽上楼进了自己的房间。房间在屋子顶头的位置,就在正门的上方。房间里,床罩被人掀开了,枕头被人扔下了床,此刻正躺在地板上。看枕头摆放的位置,好像是有人跪在那里祈祷过。

爱米丽弯下腰,捡起枕头,掸了掸上面的灰,把枕头放回到床上。她四处看了看,别的地方似乎没有动过的痕迹。接着,她又检查了一下窗锁,窗锁好像也没有人碰过。

爱米丽想,她似乎闻到了轻微的甜瓜香味。

案例

"如果不听我的话，女人，下周我就不来了。"

——弗兰克·哈利森，第二任丈夫的遗言

"肯定是咖啡。"

——阿列·莱宁，第三任丈夫的遗言

"他总让我发疯，他老跟别的女人眉来眼去。"

——南妮·多丝，对第四任丈夫理查德·莫顿
的评价

1905 年，南妮·多丝出生于南方。她喜欢阅读"真正浪漫"的杂志。审判她的时候，她说自己有生之年一直都在寻找白马王子。"就这样，"她说，"我一直都在寻找完美的伴侣，过真正浪漫的生活。"

她的两个孩子死了。
他的第一任丈夫死了。①·
他的第三任丈夫死了。
他的第四任丈夫死了。
他的第六任丈夫死了。②

六条命。

她喜欢梦到自己被人抱着跨过门槛。她喜欢梦到这些东西：整把的玫瑰、整箱的巧克力、很多个结婚戒指、很多次蜜月、很多的摩天轮和很多的棉花糖。

审判她的时候，她说她在有生之年一直在寻找白马王子。"就这样，"她说，"我一直都在寻找完美的伴侣，过真正浪漫的生活。"

①② 原文如此。现实中的南妮·多丝只结过五次婚，第一任丈夫逃离，两孩子被毒杀。她从第二次婚姻开始对丈夫下毒。

砷是一种元素,广泛存在于乳色玻璃、陶瓷、珐琅、油漆、墙纸、除草剂、杀虫剂、灭鼠剂、农药、印花纺织品、皮革和动物标本中。

"他不让我看我最喜欢的电视节目,"她说,"大热的天儿,他不准我开电扇就让我睡觉了。他是个吝啬鬼,嗯,碰到这种货色,什么样的女人能受得了?"

砷是一种灰色非金属,像浓云一样灰。像灰色的人行道一样灰。

她在交代罪行时说,"如果这房间里有他们的鬼魂的话,他们不是醉了就是睡着了。"

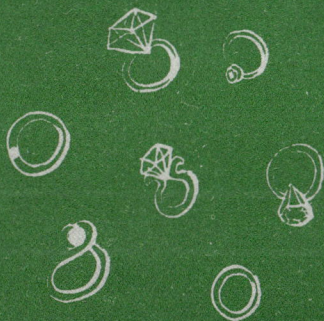

04

关于墨西哥城的记忆

墨西哥城一年只有两种季节：雨季和旱季。旱季来临，城市中的一切似乎都变成了石头——石头鸟、石头花，石头蝶。太阳烤热了带着红点的火山岩，烤热了水泥建筑物和人行道，烤得它们几乎都要烧着了。雨季来临，城市似乎又融解了。大街变成了河流，塑料品、报纸、干柳枝和火山玻璃随流而下。绕着墨西哥城的火山和山脉，好像城墙般，挡着进出城的人。

讨论墨西哥城没有了的种种东西是爱米丽父亲至爱的话题。除了蝴蝶、蛾子和甲虫，他还能列出一长串相关的名堂。说到这些他就上火，心情压抑，不开心。

这一连串名堂里包括有轨电车、胡椒树、乌梢蛇、河流湖泊、蝙蝠，以及曾经环绕墨西哥城的森林。

他和爱米丽都在图书室里。他说，这世上最坏的事情莫过于电的发明。有了电，夜晚就消失了，跟夜晚有关的所有造物也都随之消失了。他边抱怨边仔细观察着一只断翅大天蛾。

这一连串名堂里还包括对公园绿地和文物古建的破坏。

爱米丽心想,他怎么就没提我妈呢,她也从墨西哥城中消失了,就像那些有轨电车、胡椒树和河流。

看那些甲虫书时,爱米丽的父亲通常会放着亚古斯丁·拉腊的歌。他们在土狼区的家里,总是充满了拉腊的歌声和变化无常的钢琴伴奏。有几首情歌不停地回放,比如"女人"、"爱我所爱"、"冒险家"、"郎达之夜"和"韦拉克鲁斯"什么的。

这些歌,爱米丽打小就一遍遍听,听得耳熟能详,没有她不知道的曲子。

在悲伤的
长夜中
你是星辰
点亮大地
我预言了你
稀世的美
你照亮了我
我的忧伤。

还有

你的黑眼睛恰似两只拳,
你的黑眼睛恰似两只拳。

亚古斯丁·拉腊死在 1970 年。爱米丽的父亲记得，拉腊的葬礼上，成千上万的人走在墨西哥城闹市区的街道上，全国很多地方为他默哀了数分钟。

阿加塔院长说，在很多事情上，爱米丽的父亲都有点夸大其词了。很多不好的东西不也没有了嘛，像小儿麻痹症。想想当年，孤儿院里的小孩得了这种病，非得戴上金属腿撑子才成，走路得用拐杖，拐杖还得用金属护腕贴在胳膊上固定好。

"五月天里，谁都不敢去公共游泳池和公园，不敢上人多的公交车。剧院里空空荡荡的，动物园里一个人都没有。"阿加塔院长举例说明。

孤儿院里的某个壁橱里，现在还放着六七副金属腿撑子。这会儿看起来，就像博物馆里的古代铠甲。

阿加塔院长还说，老鼠不也没有了嘛。

"想起来，以前一天能用扫把打死俩。"她说，"又肥又大，干干的尾巴。不知道老鼠有没有保护神，"她笑了，"也许该去查一查！"

迷信的东西，阿加塔院长也一并教给小孩子们。"我也知道，神神癫癫的不怎么好，"她说，"宁可信其有，不可信其无。神甫都说他能理解。有些东西娘胎里带来的，想丢也丢不了。证明是没法证明，就算其中大部分我都不信，可我还是看到过有灵验的啊。要想消灾避祸总得干点什么吧，谁能没个灾没个祸呢，这可是大实话。以前有个园丁，叫何塞·弗洛雷斯①，园丁起这个名那真叫好！他修剪常春藤，为了图方

---

① 弗洛雷斯，原意就是"花"的意思。

便,就把梯子竖在院墙上,而且老在梯子下面走来走去的。我老是跟他说别这么走,他这是自讨苦吃。他反而嘲笑我。他倒好,我还没跟别人说过他是怎么倒霉的呢!他吃了毒蘑菇了!"

爱米丽和父亲住在墨西哥城的土狼区。一百多年前,爱米丽的曾祖父从英国来到墨西哥城,在这里建造了这座乡间大宅,避暑佳地,爱米丽和父亲现在住的就是同一幢房子。原来的宅地曾经有马厩,有专门烤面包和玉米饼的小烤房,还有个很大的花园。几十年前,外围的地方都被当地卖掉了,现在只剩下房子和里面的小花园。

屋子里迄今塞满了爱米丽的曾祖父买来并运到墨西哥的各种家什——一个很大的专门放床单被套的雪松衣橱、两把橡木扶手椅、几幅英国城堡的铜版画、两张带椭圆镜子的梳妆台、若干餐椅和一张很长的橡木餐桌。走廊里,还放着一座老爷钟①,顶端是两片半月构成的三角装饰,每个小时都当当地报时。

图书室里有很多藏书,当年都是和家具一起装箱运到墨西哥的。里面有莎士比亚的作品,有勃朗特姐妹的小说,有查尔斯·狄更斯的选集,还有一本罗伯特·彭斯的诗集。有荷马的《奥德修斯》,有一本皮面的钦定本《圣经》,还有一本残破的达尔文的《物种起源》。这些书中,还有不少百科全书、年鉴、地图、烹饪书、种子分类学方面的书、礼仪书和卫生保健书,还有一些探险家的传记,像詹姆斯·库克和戴维·利维斯顿②的传记。

---

① 老爷钟,也叫落地钟,落地式大摆钟。
② 詹姆斯·库克(1728—1779),英国探险家,最早发现了澳洲。戴维·利维斯顿(1813—1873),苏格兰探险家,一生都奉献给了非洲中部的探险之旅。

花园里的玫瑰，花种是曾祖母带过来的，有犬玫瑰，有野玫瑰。厨房窗户下有株长春花，挨着一棵暗绿色的老仙人掌长着，隔几年就会开上一次。

爱米丽的曾祖父把孩子送回英国的寄宿学校接受教育，他们回到那里待下，就再没回来过。只有爱米丽的祖父，带着他的英国太太，回到了墨西哥。爱米丽的父亲和他的兄弟，也就是她的查尔斯叔叔，七岁时也被送回去读寄宿学校。这是当时的风气，旅居墨西哥的英国家庭都是这么做的。

爱米丽的曾祖父来到墨西哥，想在银矿生意上找机会。他在墨西哥城附近的帕丘卡市郊，租了一块矿地，勘探并挖出一小块被称为"银石"的矿。就是这块小矿，支撑了他们家几十年的生计。

爱米丽家里，至今还保存着一些用最初的银脉打制的物件。最早的一件是个十字架，当时是家里人请当地的银器匠打制的，后来还打制了一套银茶壶和六把银调羹。

爱米丽的父亲只有一个兄弟，就是查尔斯，他后来离开了墨西哥城搬到了奇瓦瓦州，在那里经营了一家农场，兼营畜牧业。尼尔家族里，只有他娶了墨西哥女人。多少年了，每当爱米丽向父亲问起这位叔叔时，他的回答总是有点不屑。"他从来没有真正属于过这个家，"父亲说，"浪荡成性，讨厌这座城市。"查尔斯死后，爱米丽的父亲说，他一直未能找到他弟弟的遗孀和他们夫妇俩的独子圣地亚哥呢。

爱米丽问阿加塔院长叔叔查尔斯的事儿，她说，"他是个有意思的人。老爱发脾气，可是又见不得别人遭罪受苦。因为这个，以前别人老是笑话他，说得更准确点，是别的孩子笑话他。他性格有点怪，看到街上的流浪狗也会哭。我理解他。当然了,我认识他的时候,他已经是个大人了,不过身上总是脱不了孩子气。你爸就不一样。你爸他总是很老成。你妈以前就说,他是个老顽固。"

爱米丽的父亲列了个单子,把已经没有了的种种东西都列在上面。还告诉爱米丽说,什么时候要把它们出成书。"到处都在搞破坏,"他说,"这个家里我怎么也要留点旧东西,我才不会把旧的换成新的呢。"

"好啦,"爱米丽说,"你没把那些旧年鉴和世纪之交时的旧杂志丢掉,我倒是很开心。我喜欢读那些东西,它们还真让我知道了不少陈年旧事。"

爱米丽想起那一天,她在图书室窗座下的小柜子里,发现了一捆这样的书刊。不大的精巧的一块储物空间,好几年前就被家里人忘得一干二净,只有安静的宅子里的孤独的孩子才能找得到这样的地方。爱米丽十岁的时候,无意中注意到她身下的柜子上居然还有个合页,她打开柜子,发现里面都是用棕色纸包着的旧杂志。

"可能是留着给壁炉生火用的。"当时,父亲是这么答复她的。说得似乎很有道理,小密柜里还放着两小捆引火柴。

这些老杂志,爱米丽读了很多年,不少都牢记在心了。尤其喜欢那些医药广告,什么治疗秃头脱发、不孕不育的啊,助人长高的啊。最喜欢的是那则广告,为威廉博士的粉红色药丸打的广告,说是药丸包治抑郁症。杂志上的插图令人揪心。一个男人,颓坐在扶手椅上,双手抱着脑袋,一副沮丧透顶的样子。下面的文字说明写着:"抑郁症"。得了抑郁症的人真值得人同情。身体没毛病还老是悲伤沮丧,没有生气没有进取心,真不是种好状态。

"对消失的东西来说，那些旧杂志无疑是很好的课程，"爱米丽的父亲说，"你找到的真是宝贝……"

"天可真黑。"爱米丽打断父亲的话。街上一阵沙沙声。她站起身来，走到窗户前，向外面看了看。一个年轻女人怀里抱着个孩子从屋外匆匆走过。"没人。"爱米丽说。

"肯定是刮风的声音。"他的父亲应和着。

"你闻到甜瓜的味道吗？"爱米丽问道。

"没有，你闻到了？"

"是啊，好多天了。肯定是有花开了……"

案例

是件蓝衣服,是件黄衣服,是件白衣服?

是件廉价的棉印花布衣服,淡蓝的底色,上面印着深色的图案。

1892 年 8 月 2 日,她把自己的衣服放到厨房的烤箱里烤了。棉线烧着了,和面包和燕麦一起烧成了灰。

当莉兹·伯顿被问起为什么要把衣服烧了,她说是它沾上了颜料。

是蓝色颜料,是黄色颜料,是白色颜料?

审讯中,穆拉利警官问莉兹,屋子里是否还有短斧子。"有,"她说,"到处都有。"

地下室里有四把短斧头。其中两把尘灰遍布。一把斧头上有死牛的血迹和毛发,一把斧头没有柄。

下面是一组问答。

问:你父亲回家的时候你在哪里?

答:我在楼下厨房里,正在读丢在碗柜上的旧杂志,一本旧《哈波斯杂志》。

问:门铃响的时候你在哪里?

答:我想是在楼上我的房间里。

问:这就是说你父亲回家的时候你在楼上了?

答:她(布里奇特)让他(安德鲁)进来的时候,我在楼梯上……我就在楼上待了收拾衣服、给衣袖缝上几针那么点时间。我想我在楼上待的时间没有超过五分钟。

问：……你还记得你跟我说过好几次了吗？你说你父亲回家的时候你在楼下不在楼上？你是不是忘记了？

答：我不记得我说过什么了。回答的问题太多了，我都闹糊涂了。哪件事挨着哪件事我搞不清楚，反正我跟你说的都是我现在能想起来的。

问：……现在，你认为你对那件事情的真实表述是哪个呢？门铃响了，你父亲进来了，你是在楼下吗？

答：我想我是在楼下的厨房里。

问：这么说你不是在楼上了？

答：我想不是，因为当时我几乎快上楼了，一听到门响就往下走，后来就下了楼待在楼下。

05

东西都挪了地方，
爱米丽开始担忧了

爱米丽想到的词是"闯入者"。

爱米丽想到的词是"入侵者"和"小偷"。

有天早晨，就是爱米丽发现枕头被人扔到地上的两天之后，她去了孤儿院。进去的时候，正赶上孩子们在院子里集合，排着队上校车准备去参观国家人类学博物馆。爱米丽在大学里是学历史的，当仁不让地被阿加塔院长拉去当导游。

"小日本儿们"没法离开孤儿院，两个人的伤势依旧严重，走动起来并非易事。阿加塔院长把他们安排在厨房的桌子边，桌上放着一大壶柠檬水，还有一盘羊奶做的太妃糖。还放了些画画用的厚纸、颜料和画笔。院长说，你们就画画吧，爱画什么就画什么，过不了几个时辰，大伙儿都会回来的。"小日本儿们"点着头，好像盯着大镜子似的盯着那几张空白纸。

院子里，爱米丽给所有的孩子都别上写有名字的标签，领着他们走向停在前门处的橘黄色校车。

"都到了吗？"阿加塔院长问，"按人头数了吗？"

"总共二十二个人，"爱米丽边点着花名册边回答，"玛丽亚和希波里特留在家里，要不就是二十四个人了。你的大家庭可真不小啊。"

"那可是，"阿加塔院长说，"从来没这么多，不能再收了。"

"是多了点，"爱米丽边走边说，"爸爸说，曾祖母创办孤儿院那会儿，只有一个小孩，苏格兰矿工的女儿，叫莉齐·麦克唐纳德。她的父母得伤寒死了。当时她已经六岁了，已经多少懂些事了，知道自己失去了什么。"

"是啊，没错。她是第一个。十八岁那年，她去了苏格兰老家，我只知道她再也没回来过。兴许她以为自己能找到父母。孤儿们总有这些个念头，劝也劝不动。"

"该有人记录下他们的经历，写写这些利马罗莎孤儿院的孩子们，也许我可以……"爱米丽说。

博物馆到了。阿加塔院长先带孩子们看了看特拉洛克雨神像。神像位于馆外改革大道上，由一整块巨石雕凿而成，雕刻年代应该在公元400年到600年之间。

"你们知道吗？"爱米丽给孩子们讲解着，"这座雕像运到墨西哥城的时候，街上的电线啊，电话线啊，不是要架高就是要挪开，要不驮着它的特制运输车根本就过不去。"

孩子们仰着头，盯着巨石雕像的脸。

"雕像运来的时候本来是旱季，可就在它进城的那一会儿，突然间电闪雷鸣，下起了瓢泼大雨。大家都知道的，"阿加塔院长补充说，"那一刻下大雨是个好兆头。"

孩子们穿行在博物馆的大厅里，看着玻璃展柜里的陈列品。这会儿，他们被一些精细脆弱、象征着雌雄同体的小泥人吸引住了：它们拥有女性的身材,两个头两张脸。

爱米丽侧身往院长身边靠了靠:"他们好像很喜欢那些奇怪的小泥人,你注意到了没有?"

"孤儿们总想找妈妈。"院长重重地叹了口气。爱米丽知道,因为这个,孩子们过生日的时候,阿加塔院长总要给他们送洋娃娃和奶瓶。"孤儿们总想找妈妈。"院长重复道,"想想挺可怕啊,很多孩子失去母亲,竟然是因为孩子的父亲杀了母亲。至少统计数字非常惊人。这么多年来,我们这里不少孩子……不少孩子都是这么没了娘的。"

大家在博物馆里慢慢看着。爱米丽跟孩子们讲了祭祀中人殉的历史。还跟他们讲了第五个太阳的神话传说。神话里说道,太阳需要神食喂养,神食就是战争中俘虏的血和心。太阳只有吃饱了神食,人类才不会灭亡。

"整个人类历史中,有各种各样的人殉祭祀形式。"她说。

孩子们认真地看着她,一字不漏地听着。他们非常安静,爱米丽心想,这会儿,他们肯定也听得到自己的心跳声。

参观完了博物馆,院长和爱米丽一起坐在长凳上,看着孩子们在宽敞的庭院中绕着大喷泉跑着玩。胆大点儿的靠近水花,身上一沾水就尖叫着跑开。

有个孩子,身上穿着大红的羊毛衫,胸口处还有棵绿色的圣诞树。"是我的衣服吧?"爱米丽问,"我似乎记得,我也有件羊毛衫和这件挺像的……"

"当然像了,"阿加塔院长说,"就是你的旧羊毛衫啊。可能你也没注意,你所有的旧衣服不都是送到了孤儿院里了嘛。孩子们穿你的衣服都穿了很多年了。"

"真有意思。我以前还真没注意到。想着别人穿着你的衣服,这感觉真是怪啊。穿上你的衣服,好像某种程度就变成了你似的。"

"别瞎说了。"阿加塔院长说。

"可我记得我穿那件羊毛衫的时候,感觉真是棒极了。老实说,我真记得非常清楚。"

"不过是衣服嘛。"

"是啊,没错。"爱米丽重复着她的话,"不过是衣服嘛。你是修女,穿着上帝的衣服,我的意思是……"

"是,我想你是对的。"

她们继续看着孩子们玩。爱米丽扭头问阿加塔院长:"我小时候什么样子的?"

"心肠好,模样甜,非常乖,"阿加塔院长说着,胳膊搂过爱米丽,"睡起觉来,拳头紧紧握着,好像要去打仗。早晨起来,握得小手都怪疼的,还得要我帮你揉。"

"我现在还这样。"爱米丽说。

"还有呢,屋子周围总是少不了小鸟的叫声,那是你在自言自语啊。摁一下门铃,把门打开,假装有客人来了。给他们上茶,跑前跑后的。你总是自编自演这样的游戏。这么好的孩子,这么听话的孩子,哪儿找啊? 想想也是的,有时候,没爹没妈的孩子真是很乖,听话,因为害怕生活中再失去什么亲人。"

爱米丽站起身来,换了换位置,正视着阿加塔院长的脸。孩子们在身后跑动的欢快叫声,喷泉里的水花重重落下的哗啦声,传进她的耳鼓。

"说实话，"爱米丽说，"我现在没心情玩。我要跟你说件重要的事儿。"

"什么事啊?"阿加塔院长问，眼睛从孩子们身上挪到爱米丽脸上，认真地看着她，"说啊。"

"开始，我发现床罩被人打开了，枕头也给人弄到地上了。后来，我又发现两本书丢在地上。还有一个晚上，我发现有人把我的衣服从衣橱里扯出来了，衣服放在床上，袖子是打开的，后面的拉链也是拉开的。"

"你跟那个女佣人，跟劳拉说过吗?"

"说了，"爱米丽回答说，"当然说了，头一次发现问题时我就说了。她说她什么都不知道。当然了，肯定不会是她干的，没理由啊。"

"那倒是，肯定不会是她干的。"阿加塔院长说，"这就怪了，要不你到孤儿院住上一阵，这太可怕了。"

"倒是什么事都没发生，就是东西挪了地儿。"

好一会儿，阿加塔院长坐着没吱声，双手紧握，深插在裁缝专门为她的大手做的大衣袋里。

"我感觉，好像是我不在家的时候，有人进了我的房间。我检查了门窗和锁，好像并没有被人动过的痕迹。"

"你告诉你爸爸了吗?"

"我不想惊动他。"爱米丽说，"你知道的，他是经不得什么事儿的，他会心烦意乱。还有，我也需要点时间弄清是怎么回事。开始时我也没放在心上，还想是不是自己太粗心了。现在，我倒觉得应该有所提防了。不行就雇个人看门吧。"

“不管发生了什么事，答应我一定要让我知道。”

“我想等几天看看情况再告诉我爸。我想应该先告诉你，这样，家外面就有个人知道这件事了。”

她们回到孤儿院时，发现“小日本儿们”还坐在厨房间里。他们画了几十张画，全是运货车，红色的、蓝色的、黄色的。有些车里，还画上了运送的玉米。一辆红色的运货车上画着用两根竖条代替的两个小孩，正从车上甩出去，与此同时，一辆巨大的蓝色汽车正向他们冲过来。看到这些画，大伙儿都不说话了。

“我们正在回忆我们的运货车是什么样子的。”玛丽亚说，希波里特附和着点点头。

“我想是红色的。”玛丽亚说。

“我想是蓝色的。”希波里特说。

“车上装满了玉米。我们正在把玉米运到市场里去。”玛丽亚说道。

“是的，”希波里特重复着他妹妹的话，“车上装满了玉米，我们正在把玉米运到市场里去。”

“真是这样，”玛丽亚说，“真是这样，我们两个都记得是这个样子的。”

“没关系，”阿加塔院长轻轻地说，嗓子有点堵，“真是些好看的画。我们把它挂在阅览室的墙上吧，这样，大伙儿就都能看到了。”

爱米丽从孤儿院回到家里，走到楼上自己的房间。她发现，梳妆台的抽屉被人拉开了。什么都没有丢。

案例

一副昂贵的爱药：

一杯红酒

两条肉桂

两只苹果

十粒葡萄干

小孩的肉身

玛蒂·恩里克塔太知道怎么对症下药了。她为不忠的妻子泡过茶，为失恋的人调过饮料，为歇斯底里的人配过香水。米隆·阿斯泰，警察局的头儿说："她是那种女人，像古代的巫婆，应该被送到苏克德贝尔广场①烧死。"

玛蒂·恩里克塔以治疗抑郁症闻名。她治疗抑郁症的处方就是——让病人沿着一条旧船的甲板走。她说抑郁症是一种非常严重的疾病，因为病人会脸色发黄，血液变稠，精神萎靡——身心俱损。

对来例假的女人，她建议她们用一把勺子轻轻敲击胃部。如果有人痉挛到不可忍受，她则建议她们一天说上一百遍"停"字，一直说三个月。

玛蒂·恩里克塔 1912 年在西班牙的巴塞罗那被捕。拘捕理由是绑架和杀害了若干名儿童。她平时靠售卖魔药为生。下述配方写在一本用人的头发捆扎的书中。

一副廉价的爱药：

一杯水

两只苹果

十滴眼泪

① 苏克德贝尔广场，西班牙古城托莱多市中心著名的广场。阿拉伯时期，这是个大市场，人们在这里举办各种节日活动和社会活动。

06

女明星的兄妹轶闻

爱米丽父亲的单子里，墨西哥城如今没有的东西中包括电报。他还记得，当年那个给他们家送电报的小伙子，整天骑着一辆自行车跑来跑去的。他记得那种棕色的小信封，记得自己读过那种干脆简短的电报体。

家里来了封电报令他诧异万分，爱米丽一到家，他就在大门口迎着她。沿着过道往图书室走的工夫，他把电报大声念给她听。"周四。抵达。预先告知。侄子。圣地亚哥。"爱米丽的父亲一字一顿，"哦，我可真没想到啊，这家里还能收到电报。少说也有二十五年没见过了。像你们这些人，恐怕这辈子都收不到一份电报。"

"什么意思？他打算住在这儿吗？没说清楚啊，是不是？"

"很清楚啦，只是你觉得他应该打个电话说清楚。我得说我喜欢他这么干，发电报，这让我想起，当年我们经常会收到伦敦来的电报。"

"也许他只有住址，鬼都知道邮政服务差极了……"

"好啦，我们会看到他长什么样子的。我们要干点什么吗？要不要准备一下啊?"爱米丽的父亲问道,"我想不出他长什么样子……"

第二天,爱米丽在孤儿院把收到电报的事情跟阿加塔院长说了。

"这是你查尔斯叔叔的儿子,"阿加塔院长说,"你是知道的,查尔斯他搬到奇瓦瓦州后,不久就死了。你爸爸试着跟他太太联系过,想见见他们的孩子。她可能没这方面的意思吧,从来就没给个回音。可能是怕你爸打扰他们的生活吧,谁知道呢。他比你小两岁呢。真不知道他长什么样子。"

"他周四就到。爸爸挺兴奋的,因为他发了封电报来。"

"周四是五月的第三十天。应该是卡斯蒂利亚的圣费迪南三世的纪念日,囚犯的保护神。"阿加塔院长说。

"我倒是盼着见到他呢。认识一位失去联络的家里人,还是挺让人高兴的。"爱米丽说。

"别高兴过头了。没准还让你很失望呢。想想吧,这年轻人可是在奇瓦瓦州的牧场里长大的!"阿加塔院长的一双大手遮着眼睛,"我要想象一下他长的什么样,可真想不出来。他会长得像谁呢?"

阿加塔院长站起身来,摇着双手,好像要把手甩干似的。"我们去厨房喝点咖啡吧,"她说,"我纳闷咱们在这里干吗还要费神喝咖啡呢。只要吸一口气,咖啡就直接钻到你肺里去了!"

她们一块儿在厨房的桌子边坐好。桌上摆放着小人状的饼干。有男人,有女人,就像那些姜饼人,都是用饼干模子烤出来的。模子还是爱米丽的曾祖母从英国带过来的。小人的眼睛和头发用棕色的糖稀涂色,嘴唇用红色的糖稀涂色。

"喜欢的话,可以吃点饼干,"阿加塔院长说着,把一杯浓咖啡递给了爱米丽,"我烤了好几百个呢。"

"我是吃个男的呢还是吃个女的?"爱米丽问道,"现在倒成了个重要选择了。"

"我不知道……"阿加塔院长咧开大嘴笑了。嘴咧得很大,让爱米丽不由得想起了南瓜灯笼脸。

"小时候,我总是想,饼干男和饼干女,味道肯定不同。我就吃个饼干男吧。"爱米丽说,她先咬掉胳膊,接着又咬掉了腿,"想想啊,我一辈子都在吃这些饼干。"

阿加塔院长笑着说:"看那些去国离乡的人出门带什么东西,看看哪些东西对他们来说异常重要的,真是非常有意思。你曾祖母就认为,带一套饼干模子到墨西哥来非常重要。"

"嗯,她把什么都带上了,不是吗? 甚至连花种都没忘。"

"还有一百罐芥子酱。"

"你把头咬下来了,好残忍噢。"爱米丽说,喝了口咖啡,又咬了口饼干。

阿加塔院长用一块亚麻餐巾把饼干盖好,又把盘子端到了窗子下。"你看到今天的报纸了吗?"阿加塔院长问道,"你得空儿看了吗?"

"没呢,怎么了?"爱米丽边说边喝了口又黑又苦的咖啡。

"上面有篇文章非常有意思,说到了玛丽亚·费利克斯①。"阿加塔院长说,"我给你剪下来了。"说着,手伸到红白格相间的围裙口袋里,

---

① 玛丽亚·费利克斯(1914—2002),墨西哥著名女演员。幼年随父母移居到风景秀丽的瓜达拉哈拉。1942年进入电影界,主演过《巴尔巴拉夫人》《没有灵魂的女人》等影片。

"在这儿。"她递给了爱米丽。

"你是说那个女明星吗?"

"是的,"阿加塔院长回答说。"你还年轻,还不知道,有一阵子,她可是个新闻人物,老是上报纸。大家都说她是个有着女人身体的男人。她不但是墨西哥第一个抽雪茄的女人,恐怕还是唯一一个吧。我还没见过别的女人抽雪茄呢。"

"这样啊,那报上怎么说?"

"她们家兄弟姐妹十二人。小时候,她就喜欢哥哥帕布鲁。父母怕他们有问题,就想法把他们分开了,帕布鲁被送进了军校。"

"挺有意思的……"爱米丽说。

"我以前认识个修女,她在学校里教过玛丽亚·费利克斯,后来也去了瓜达拉哈拉。她对我说,有一次在公园里,她看见玛丽亚坐在她哥哥的腿上,还说她看见玛丽亚·费利克斯的手指在她哥哥的牙齿上摸来摸去的,还伸到里面去了呢。"

"报上还说了些什么?"

"玛丽亚·费利克斯坦白了,她和她哥哥之间有那种关系。她说那是她伟大的初恋呢。她哥哥是在军校死的。谁也弄不清楚,她哥哥到底是练打枪时走火了呢还是自杀了。反正自杀总能瞒过一切,谁知道呢……"

"我记得挺清楚。当然也都是乱讲。有人说是她在决斗中杀死了他。"

"哦,对了,我现在也想起来了!"阿加塔院长兴奋地喊了起来,双手使劲地拍着,"据说她有好几把手枪,好像还是品种稀少的收藏品。他们俩吵架吵得很凶，后来她提出要决斗。她肯定知道哪把手枪里有子弹。"

阿加塔院长正要给爱米丽再添些咖啡，有人敲了敲厨房的门。

"进来。"阿加塔院长喊了一嗓子。

门开了，"小日本儿们"牵着手站在门口。两个人的石膏大部分已经去掉了，只有希波里特的右腿上还打着一些。两个人面对阿加塔院长，都不太好意思，低头看着地板。

"哦，亲爱的，什么事啊?"阿加塔院长边问边站起身来朝两个孩子走去。

"我们想喝杯水。"希波里特说。他和玛丽亚踮着脚尖走进了厨房。

"当然可以。"阿加塔院长起身从水槽上的碗橱里拿出两只杯子。

"不用两个。"玛丽亚说。爱米丽想，她看起来倒真像是穿着和服。她还注意到，小姑娘步子很小，走得很慢，好像真的穿着和服似的。

"我们用一只杯子就可以了。"希波里特说。

"好吧，"阿加塔院长说，"好吧。"

她倒了一杯水递给了希波里特。两个孩子轮流喝着，你递给我，我递给你。爱米丽和阿加塔院长看着他们，一声不吭。厨房里回响着他们轻微的喝水声和吞咽声。喝完了水，玛丽亚把杯子还给了阿加塔院长。

"谢谢你们。"转身出去的时候，两个孩子异口同声地说。希波里特出门的时候有些瘸，玛丽亚扶着他的胳膊肘，搀扶着他走了出去。

"那水真好喝。"玛丽亚说，她一定以为离开了厨房，别人已经听不到他们的说话声了。

其实,他们走到走廊的时候,阿加塔院长和爱米丽依然听得见希波里特的石膏在地上滑动的声音。

阿加塔院长叹了口气。

她把空杯子放到了厨房的水槽里。

"应该让他们拿些饼干走。哦,好啦……"阿加塔院长回到厨房的桌子边坐好,"我今天觉得特别累,身体很沉,两只脚啊,像两块大石头。"

她问爱米丽,她是否愿去给孤儿院的一个孩子上英语课。那孩子叫安琪丽卡,十一岁的小姑娘。阿加塔院长知道爱米丽最喜欢这个姑娘。

"当然可以,"爱米丽说,"我很愿意呢,上次和她单独在一起,都是好几个星期前的事情了。"

爱米丽和安琪丽卡坐在院子里的一棵月桂树下。院子里就她们两个人,其余的孩子都在里面上别的课。安琪丽卡讨厌太阳,说她只能在外面坐一小会儿。她还讨厌灯和蜡烛。她们俩靠得很近,却也没碰着对方。安琪丽卡不喜欢任何东西碰到她。她什么也没穿,只是用一条白床单裹着身体。不过,爱米丽假装什么也没看见。

"今天我要给你上一次英语课,你说怎么样?"爱米丽问道。

"我很喜欢跟你上课,爱米丽。"安琪丽卡礼貌文雅地回答。

"我们就学些容易的单词。好吧,你跟我读:Boy。"

安琪丽卡读:"Boy。"

"Girl。"

安琪丽卡读:"Girl。"

"Dog。"

安琪丽卡读:"Dog。"

"Cat。"

安琪丽卡读:"Cat。"

爱米丽不愿教给孤儿们"母亲"和"父亲"这样的单词。

孤儿们始终觉得疑惑,为什么爱米丽没有母亲却有父亲。他们想,她应该是半个他们。他们似乎觉得只有一个家长有些不可思议,同时,他们又觉得这样的事情既美好又残忍。有好几年,他们总是问爱米丽有个父亲是什么感觉。打爱米丽六岁开始,她就这么告诉他们,有一个家人就好比有一只胳膊。她这样说,孤儿们马上就接受并理解了。

"爱米丽,我知道你在想什么,你在想我为什么只披着这条床单,可是你心肠好,不愿问我。"安琪丽卡小声说道,"你看,它看起来不错吧,色调冷,我就喜欢这种感觉,所以,我想披着它。"

安琪丽卡讨厌太阳。讨厌光明。讨厌明亮和有光泽的东西。安琪丽卡曾经被火烧伤过。以前,她们一家人住在墨西哥城的北边,挨着墨西哥国家石油公司的炼油厂。父亲是个木匠,母亲在附近一家服装厂当临时工。有天晚上,炼油厂的一个大变压器发生爆炸,引燃了汽油桶和石油桶。爆炸引起的大火烧毁了附近的社区,烧毁了停在附近街上的很多小汽车和卡车。大火一直烧了好几个星期才被彻底扑灭。

安琪丽卡是家里唯一幸存的人。虽说墨西哥国家石油公司归政府所有,却没给她什么帮助和补偿。烧伤好了点,从政府的医院出院后,有那么几个月,她就一个人住在自己家烧焦的破屋里,在街上捡垃圾罐,在街角乞讨,这样才活了下来。阿加塔院长听说了她的事儿,就把她接到了孤儿院。

"她是孤儿院的女王，"阿加塔院长说，"毫无疑问，她是孩子头儿。"

阿加塔院长这么说，那是因为安琪丽卡说什么，孩子们就做什么，没有二话。"我想啊，如果她让我们去抢银行，我们也都会去抢的。"阿加塔院长说。

"她快成了个小暴君了，"爱米丽说，"玩具、衣服和糖果——想要什么就拿什么。"

"是啊，不过孩子们却觉得，如果什么东西安琪丽卡想要，那东西可就变得很不一般了。"阿加塔院长说，"我知道我也有责任，不该那么惯着她，可我就是喜欢她。我就像那些孩子们一样听她使唤。还就一个样！"

小姑娘的脸和双臂烧伤严重。两只不大的胡椒子一样的黑眼睛，从歪嘴斜脸上向外看着，没有眼眉也没有睫毛。她还烧掉了一只耳朵。她讨厌太阳。她闻起来有股煳味。

长椅上，爱米丽坐在安琪丽卡身边，腿上放着英语识字卡片。她想，这小姑娘身上仍然有股燃烧的电线、燃烧的塑料、燃烧的木头和燃烧的面包的味道吧。

"再说一遍，"爱米丽说，"Water。"

安琪丽卡读："Water。"

"River。"

安琪丽卡读："River。"

"Rain。"

安琪丽卡读："Rain。"

"Ice。"

安琪丽卡读:"Ice。"

阿加塔院长说,"如果你被烧伤过,在成长过程中就会喜欢冰(Ice)、雨(Rain)和河(River)这样的单词。"

爱米丽离开了孤儿院,回到自己的家里。她发现床上有一只红苹果。白雪公主的红苹果。

案例

姓名:克里斯蒂·拉维恩·斯洛特

出生:1963 年 3 月 12 日,佛罗里达州,佩里市。

刑期:无期徒刑,至 2007 年符合假释条件。

她把猫从屋顶往下扔,想看看它们是否有九条命。她认为(关于这项工作,她在一个笔记本里做了几年的笔记),自己的研究证明了,大多数猫只有两到三条命。

她哪儿都难受。她说甚至是头发和手指甲都觉得痛。穿衣服的时候,她觉得皮肤痛得要命,她还说水烧了她的手。

她觉得身体里长东西。她说如果有人能看穿她的身体,一定会发现指甲和螺丝。

她告诉人们她被蛇咬过。

两年的时间里,她去了五十次医院。

她的病症罗列出来有:她觉得眼睛在嘴里;手指甲向手里倒着长;一只猴子咬她的脸;脚被一辆火车碾过;胳膊里发出钢琴声;耳朵里闻到薄荷味;肩旁淋了雨变得青肿;还有一头大象从她胳膊上踩了过去。

她帮人看孩子,挣钱养活自己。她照看的小孩没了气,睡着睡着就死了,要不就是从床上掉下去了。

她被捕后自己交代了。

这是她的理由:

"我这么干,是

从电视上看到的。

我有自己的办法,

当然。简单易行。

没有人能听到

他们哭叫。"

07

圣地亚哥终于来了

爱米丽不记得母亲的样子，可大家都说她们长得很像。从照片上看的确很像，爱米丽和母亲一样，长着黑色的直发，淡蓝色的眼睛，皮肤白净，胳膊和腿上的血管历历可见，好像透过清澈的水看到的鹅卵石和水草。

爱米丽的父亲说，她长着一副"阿伦群岛①"脸。母亲出生在伊尼什莫尔岛，在那里的一个小农场里长大成人。爱米丽知道，自己没有母亲那么好看。别人不说，她也知道。

"你长得像你妈，可又不全像。"阿加塔院长说，很快就转移了话题，对爱米丽说，她母亲不假思索地来到墨西哥，好像这个国家是件衣服似的。

"真是能耐啊，"阿加塔院长说，"她学着做墨西哥菜，一上手就用猪油和玉米粉做玉米粉蒸肉。以前还老去市场上溜达，向那些卖锅碗瓢

---

① 阿伦群岛，爱尔兰西部康诺特省格尔威海湾众多岛屿的统称，伊尼什莫尔岛是其中之一。

盆的女人讨问做法。可惜啊，你爸不爱吃这口儿。他爱吃炖牛肉，现在想想，真是老天寻开心！他们俩很多地方都不一样。万圣节的时候，她到孤儿院来，在天井里搭祭坛，上面盖满了花、骷髅糖①、蜡烛和所有好吃的东西，包括"死神面包"。不用说，1月6日也是她最喜欢来孤儿院的日子，这天是三圣日，主显节。②她让孩子们给三个东方博士写信，还让他们把小鞋子放到院子里接受礼物。非常好玩。她不喜欢圣诞老人，我也不喜欢。"

"我好像有点印象。"爱米丽说。

"抱歉啊，你是不可能记得的。"

"可我真是记得……"

"不可能。你还是个婴儿呢。"阿加塔院长反驳她，"肯定是别人年复一年老在你耳边念叨，把你搞糊涂了。"

"可我真是记得她……"

"她以前老爱穿那种典型的印第安衣服，都是从瓦哈卡③买来的。她喜欢佩戴五彩的珠子串起来的长项链。有时候，还喜欢把头发编起来，像个花冠似的盘在头上。"阿加塔院长说，"她这样穿戴好，看起来真像个墨西哥人。谁能猜到她是爱尔兰人哪。真是奇怪。有时，她还在脸上点上一颗小黑痣，墨西哥女人以前都爱那么点，现在都没人点了。我还记得，她戴过一枚胸针，金色的细条上镶

① 每年的11月1日和2日是墨西哥的万圣节和万灵节。为了迎接亡灵，墨西哥人用糖捏成骷髅头，在面包上捏出死神叉，并用许多食品摆出祭坛来祭奠死神。
② 三圣日，主显节是纪念耶稣把自己显示给来自东方的三位贤士的节日，以前称"三王来朝瞻礼"。
③ 瓦哈卡，墨西哥海滨城市，旅游胜地。

着一只活生生的甲壳虫，漂亮的彩色小石头粘在甲壳虫的背上，把整个虫身都盖满了。当时真是摩登极了，现在想看都看不到！你说你爸能不能想起那些甲虫！哈！我敢打赌他想不起来。每次想起来，我就觉得格里塔①真是不一般。"

爱米丽的房间里，还保存有母亲的项链。放在盒子里的，还有几串念珠和一块火蛋白石。

"她有点像你，什么事情都想知道。她非常聪明，尤其喜欢看那些医学辞典。肝脏和胆囊有什么功能，她一清二楚。心脏的各个室叫什么名字，类似这样的事，她也知道。我老是想，她不该去当建筑师，她应该去当个医生。当然了，她从来没有机会当上建筑师，因为刚刚毕业，她就跟你爸一起到墨西哥来了。你知道吗？两个月，她的西班牙语就突飞猛进，学了不少成语和俚语呢。"

"有时听人说起来她真是完美，"爱米丽说，"很难想象……"

"她非常完美，而且还相当狂野。"

爱米丽的父亲很少和她谈到母亲。有关母亲的大部分情况，她都是从阿加塔院长这里听来的。

"她总是忙这忙那的，一刻也不闲着。当时我想，她是不是想把整个世界一口吞下去呢。后来，她成了天主教徒，人也静下来一点儿。跟你一样，她也喜欢让我跟她说圣徒们的生平故事。"阿加塔院长说，"无论什么时候碰到了，她都要问问我今天是什么神的日子，让我跟她说说

①　格里塔，玛格丽特的昵称。

这个神的故事。"

　　爱米丽的母亲叫玛格丽特。大家都叫她格里塔。爱米丽知道四个名叫玛格丽特的圣徒:玛格丽特·克利赛罗、玛格丽特·玛丽、安提俄克的玛格丽特、科托纳的玛格丽特。

　　玛格丽特的意思是珍珠。

　　爱米丽的母亲在墨西哥住了两年后,改宗为天主教徒。刚到墨西哥,她去的是英国人建于 1871 年的圣公会教堂。

　　"大致来说,她不大喜欢跟英国有关的东西,"阿加塔院长说,"甚至还笑话那些英国人圈子,笑话他们跑到大使馆去庆祝女王的生日。你爸爸很难接受这些,他总认为,她变成天主教徒就是为了伤害他——要么就是以这种方式彻底否定他的生活。事实并非如此,你妈妈跟我说过发生在她身上的奇事。"

　　有一天,爱米丽的母亲正在缝纫室里为厨房的新窗帘锁边,当时是上午,时间还早,家里人都不在。她听到一个柔和的女声低低地跟她说着什么。那声音说到"安慰"和"听从"两个词。

　　"你妈说,她一辈子也没听到过这么美好的两个字眼儿。就好像神灵显身。她甚至四处张望,思忖着屋里还有什么人和她在一起,"阿加塔院长说,"是真的,那两个词改变了她,让她变得沉静起来,让她回心转意了。她说她知道说话的是圣母马利亚。"

　　爱米丽盛放母亲遗物的盒子里,有三串念珠:一串是银制的,一串是灰白色种子制成的,还有一串是由绿色的玻璃珠制成的。

　　"她口袋里始终放着念珠,"阿加塔院长又说,"要不就是戴在手腕上。她说,那些珠子戴在手上不冷,反而很暖和。我记得,她经常去墨西哥大教堂去礼拜黑基督①。"

"我小时候你带我看过,你还记得吗?"

"当然记得,你知道的事儿都多亏了我啊。"阿加塔院长笑吟吟地说。

"没错儿。"爱米丽边说边身子前倾,亲了亲院长的脸颊。

"你妈妈还跟我说过她看到肉铺里的挂画时的那种感受。"

"什么挂画?"

"你知道的,就是牛的分解图,什么部位的肉名都标得清清楚楚。她说她感觉自己也是那样的:腿是爱尔兰的,脸是天主教的,胳膊是墨西哥,心是属于你的。"

"我很思念她,我却不认识她。怎么会这样呢? 怎么会思念一个你不认识的人呢?"

"我想起一件有趣的事儿,你妈讲的。我肯定跟你说过了。有一次,她过来跟我说,因为我是孤儿院的领导,我是个级别高的嬷嬷②,所以她要告诉我一些'母训'。她说之所以叫'母训',是因为类似的训条已经在她们家里经由母亲们传了好多代了。"

"真的?"爱米丽惊讶地说,"我可想不起你跟我说起过啊,什么训条啊?"

"你妈妈跟我说,'母训'就是要知道,有些事情是值得你为之杀人为之坐牢的。"

---

① 墨西哥大教堂,美洲屈指可数的著名天主教堂之一,位于墨西哥城索卡洛广场北侧,建于1573年。墨西哥城的教堂里多供奉有黑基督和黑圣母,这些都是印第安文化和基督教文化结合的产物。

② 嬷嬷、妈妈、院长在英文里都是一个词"Mother"。

"什么事情?"

"她说是被人欺骗和被人啐口水。"

"被人欺骗和被人啐口水?"

"是啊,我真是觉得有几分道理。我从来没被别人啐过口水,可我还是觉得那样做很可怕。"

案例

沙琳·加利西亚生于 1956 年,公认的天才。智商测试达到 160。任何数字的加、减、乘、除都难不倒她。

在萨克拉门托的一家扑克牌俱乐部里,沙琳认识了她的第三任丈夫杰拉尔德·加利西亚。"当时我想,他是个不错的人,仪表整洁。"很多年后,沙琳说。他喜欢她算什么都算得飞快。一副牌里,打完的牌是什么,剩下的牌是什么,她一清二楚。玩牌他们从没有输过。

沙琳喜欢数字 7。

7 是个神圣的数字。

3 + 4

2 + 5

1 + 6

骰子相对的面,数字加起来等于 7。

当她用来加人的时候,他们杀人的数字加起来也是 7。

沙琳后来承认:"我的意思是,像这样干又容易又好玩,我们何乐而不为呢?"

08

这把钥匙打不开
这扇门

　　晚上，爱米丽从孤儿院回到家，打开大门，刚走进走廊，就听到里面传来男人的说话声。挂外套到门旁墙上钉着的铜挂钩时，她一眼就看到堂弟破旧的灰皮夹克也挂在那里。

　　爱米丽循着声音沿着走廊走进图书室。没有点火的壁炉旁，父亲正和她的堂弟圣地亚哥一起跪在地上，边喝咖啡边俯身在深红色的波斯地毯上，欣赏着爱米丽父亲的白蝴蝶收藏。那些白色的蝴蝶，被别针钉在大块的绿色毡布上，好似大大小小的白色纸片丢在那里。

　　"哦，这是爱米丽。"父亲看见她走进图书室时说。"亲爱的，"他接着说，"这是你的堂弟桑蒂①。我正给他看我的白蝴蝶收藏呢。他会和我们一起住，直到他找到工作安顿下来。我把你妈原来的缝纫室腾出来给他住了。你看这样行吗？"

　　桑蒂从桌子处转过身来，看着爱米丽，冲着她笑着。他站起身，略

---

① 桑蒂，圣地亚哥的昵称。

倾向一边弓着,双手插在蓝色的牛仔裤口袋里,站在那儿,身体的一侧鼓鼓囊囊的。她使劲看着他,好像看一面镜子,想看看他长得是否像她——想寻找能够说明血缘关系的某些特征。她思忖着,他可不像家族里的人。圣地亚哥的个子很高,这点倒像爱米丽父亲家的人,可是,他身上还有历史造就的西班牙血统、英国血统、墨西哥印第安人血统,还有由金字塔、大帆船和维京人锻造而成的血统。他有一头长到脖颈处的黑色鬈发,一双黑色的眼睛,深色的皮肤上还长着颜色更深的斑点。

爱米丽上前握手,他却没把手伸出口袋,反而上前一步,俯身亲了亲她的脸颊。

"很高兴认识你。"桑蒂说。他的英语中有轻微的西班牙口音,元音发得又圆又长。站在他身边,她感觉自己能闻得到住在沙漠里的人身上常有的那种味道——干草和沙子的味道。

"他是个建筑师,跟你妈一样。他在蒙特雷①学习。"爱米丽的父亲说,"他说他想去国外深造,但按照墨西哥的规定,学建筑的要先在国内上完预科,所以他就打算先待下来。他还跟我说,他十六岁就以优等成绩读完了中学,是不是很了不起啊? 你刚才跟我说的是优等成绩,我说的没错吧?"

"是的。"圣地亚哥回答,从口袋里伸出手,端起他的咖啡。爱米丽注意到,他的手上,跟他的脸一样,满是暗斑。圣地亚哥接着又说:"我从小就喜欢盖房子,小时候,我曾用鹅卵石和石头子建了一整座城市

57

---

① 蒙特雷,墨西哥东南部城市,新莱昂州首府,有多所高等院校。

呢。老实说，刚才跟你父亲也讲了，墨西哥城对建筑师来说，工作机会比奇瓦瓦州多多了，所以我就来了。"

"你的守护神是圣芭芭拉。"爱米丽本能地说。"对不起，"她有点难为情地说，"你看，我正在写学校里一篇课堂作业，都是关于圣徒的，脑子里全是这些，圣芭芭拉是建筑师的守护神……"

"爱米丽什么神圣都一清二楚。"父亲打断他们的话，做了个让大家坐下的手势。"真了不起啊！你想来杯咖啡吗？嗯？"他又问。

"真的吗？不过你真的相信它们吗？"桑蒂问道，"很多都是迷信，你不觉得吗？"

"有些人说，他们看到过圣芭芭拉出现在砖头瓦块中，甚至在窗玻璃里，"爱米丽边说，"如果你看得足够仔细，没准能够发现她……反正别人是这么说的……"

"好吧，这会儿知道了，以后我就留心看看。"桑蒂边说边喝了口咖啡，"我学建筑的时候，可没人教给我这些。"

"听起来挺不可思议的，跟神圣有关的东西都不可思议，圣芭芭拉还是矿工的守护神呢，"爱米丽接着说，"矿工是不喜欢建房子的，他们只喜欢采挖打洞。"

"我们家里的人都崇拜银子，土地里长出蔬菜没看见，倒是把土地都当成是挖宝的地方了，"爱米丽的父亲说，"爱米丽写的题目是关于神圣崇拜的，研究这些崇拜如何影响社会，"他笑了，"她正等着拿历史学硕士学位呢。"

"多有意思啊，"桑蒂说，"我对神圣一无所知。"

"这没什么奇怪的，你又不是像我一样被阿加塔院长带大的。她是我们孤儿院的主事。利马罗莎孤儿院是我们家创办的,"爱米丽说,"我们一直都受到圣徒们生平事迹的影响,有些迷信也是建立在和圣徒生平有关的事情上。有些圣徒甚至有他们个人的标记,就好像某种纹章一样。"

爱米丽给自己加了杯咖啡,围着没点火的壁炉,挨着桑蒂和父亲坐下。她的父亲把钉满蝴蝶的毡布收了起来。

"你们两个英语说得这么好,你们还说西班牙语吗?"桑蒂问,身体向后,靠在搭着暗红色刺绣的旧扶手椅背上。"我父母总是跟我说西班牙语,尽管我的英语还是我母亲教给我的。名字叫作圣地亚哥·尼尔,又说着我这么一口英语,有点荒谬吧。"

"你的英文不错,"爱米丽的父亲说,"和我弟弟查尔斯跟你说的西班牙语差不多吧。他总说他出生在墨西哥,所以他就是个墨西哥人。我们在这点上的看法大相径庭。我从来不觉得要这个就得排斥那个。查尔斯故意叫你圣地亚哥,不叫你詹姆斯,圣地亚哥在英文里的意思其实就是詹姆斯。"

桑蒂听爱米丽的父亲说话时,手指头不断地在膝盖上敲打着,好像在弹钢琴。敲打中似乎有种旋律,好像手指是跟着他脑子里的音乐走似的。

"你弹钢琴吗?"看到他的手指运动灵巧,爱米丽问道。

"不,我拉手风琴,"桑蒂回答说,"我就这个习惯,没事活动活动手指,手指会灵活些。"

"他随身带着呢,"爱米丽的父亲说,"我跟他说,找个时间,我们很想听他演奏一曲。好像很多年没听过手风琴了。你会拉波尔卡吗?"

"手风琴是我爸在市场上用一匹马换来的,你们信吗? 内地省份里现在还有这样的事。我的手风琴基本上是自学的。哦,是的,我当然会拉波尔卡,不过我得说,那不是我最擅长的。"

外面传来响亮的男人的呼哨声,那是推车卖蒸甜土豆的人。

"圣地亚哥,"爱米丽的父亲说,"我可以问问吗,你到底为什么要给我发电报呢? 我们一直都觉得奇怪,对吗,呃?"

"我父亲跟我说过,你喜欢电报。他有时候会跟我谈到你们小时候的事儿。他说你小时候就想有辆自行车,骑着它四处送电报,所以我就想,给你发封电报肯定很有意思。"

爱米丽的父亲惊喜地看着桑蒂,"拐了多大的弯啊……"

整个晚上,圣地亚哥都在说自己的经历,他是如何在奇瓦瓦州的小农场长大成人的。如何在很小的时候,父亲就过世了,如何和母亲相依为命在农场里生活了很多年。十七岁时,母亲不在了,但是,那时他已经在蒙特雷了。"我不想卖掉农场,"桑蒂说,"卖掉意味着你永远别想回来了,永远别想返回。也许人们卖掉东西的时候都会想到这些。那个地方,留下了太多的记忆,而且,我的父母也埋在那里。"

"谁买了它呢?"

"一户从提华纳①来的人家。"桑蒂说,"估计是贩毒的,付的全都是现金。来的时候,用的是超市的那种塑料购物袋,一袋子纸币。我能怎么样呢? 在中部的不毛之地,想卖掉块牧场也不是件容易的事儿。"

"以前,我们住的这房子周边全都是地,上世纪 20 年代卖掉了一

_____

① 提华纳,墨西哥西北边境小城。

些,40年代又卖掉了一些,一直到二战后。"爱米丽的父亲说,"以前,我们种了很多柠檬树和苹果树,还有两块鳄梨林。"

外面传来短促的自行车铃声,骑着自行车的人,通常车把手上平放着个大筐,沿街叫卖面包。

"车铃响,干什么的?"桑蒂问道。他起身走到窗边,朝街上张望。

"卖面包的。"爱米丽说。

"太棒啦,哪天我们可以去买点儿。我喜欢新鲜面包。"

"当然可以,没问题。"爱米丽说。

"实际上,除了周边的地,这所房子还是保存完好的,"爱米丽的父亲接着说,"我们的很多东西都是我祖父从英国船运过来的。图书室里的这些书都是他的。"

"也是我的祖父,"桑蒂不假思索地说,"哦,他应该是我的曾祖父。"

爱米丽和父亲瞪着桑蒂,短暂的冷场。桑蒂站起来,拿起空咖啡杯碟,志得意满地朝厨房走去。爱米丽拿着咖啡壶和糖缸同父亲一起跟着桑蒂走进了厨房。爱米丽想,桑蒂看起来好像以前在这所房子里住过似的,好像知道东西该往哪儿放。

"是的,是的,当然了,"爱米丽结结巴巴地说,"我爸爸也是这个意思。我会带你看看书和所有的东西。"桑蒂在厨房的水池里洗手的时候,她对他说。

"非常抱歉,家里猛地来了个新成员,我得花上点时间适应一下……"爱米丽的父亲接口说,"我会跟你讲讲家里的事和矿上的事。爱米丽最喜欢听那些矿工怎么藏银子的故事啦。他们把锤头柄钻空,要不就是把金粒银粒藏到嘴里、牙齿缝里和耳朵里。有个故事传得很神,说有个工头出事故死了,被抬出来之前,他们把他的内脏都掏出来了,在里面塞满了银子。那个时候真是太有意思了……"

桑蒂打开厨房的一个抽屉,抽出一块餐巾把手擦干,爱米丽看着他。

"我太累了。"桑蒂突然说,他把餐巾搭在厨房的一个椅子背上,"这一天对我来说真是太长了,我想我该去睡觉了。晚安吧。"

"晚安,"爱米丽应和着,"你不想吃点什么睡吗?"

"不了,谢谢。我太瞌睡了。"

"需要什么尽管说。"桑蒂走出厨房的当儿,爱米丽的父亲说。

"好的,非常感谢。"桑蒂走到门框那里,停顿了一下。"哦,还有,"他说,"我早就听说过阿加塔院长了,我父母跟我说起她和孤儿院。"说着,他转身离开了房间。

爱米丽和父亲在厨房的桌子处坐下,听着桑蒂上楼的脚步声。

"他看起来不错。"停了一会儿,爱米丽的父亲说。

"是不错,"爱米丽应和着,"就是家里住了别人有点怪怪的。他没跟你提为什么以前没联系你,为什么咱们两家失去联系的事吗?"

"没提,"爱米丽的父亲取下眼镜,手背揉着眼睛说,"我就没问这事儿,他想说的时候会跟咱们说的。他让我想起来我的弟弟,我怎么觉得我弟弟进到这所房子里了呢。你知道吗? 那件夹克衫肯定是我弟弟的,我敢肯定,我一眼就认出来了。"

"真的吗?"

爱米丽的父亲站起身来,直愣愣地看着爱米丽。"我好像一晚上都跟个鬼魂坐在一块儿。"说着,他快步走开,上楼回他自己的房间去了。

爱米丽拉好窗帘关好灯。走出厨房,喝了杯水然后就上楼,过走廊时经过她母亲过去的缝纫室，就是桑蒂此刻住的地方。门关着，可她还是能听到里面传来的音乐声。她听到了吉米·亨德里克斯①喑哑的歌声：

　　天边有所红房子

　　我的宝贝儿在那里

　　主啊，天边有所红房子

　　主啊，我的宝贝儿在那里……

爱米丽走进房间，发现一根黄色的铅笔躺在她的枕头上。她拿起来端详了一番，铅笔的上端有细小的牙印：咬痕。桑蒂的音乐声飘进了房间：

　　天边有所红房子

　　我的宝贝儿在那里

开向街道的卧室窗子大开着，一阵凉风吹进屋子。湿气吹进来，窗外蓝花楹树上掉下来的几朵残花，也一并飘入房间。她弯腰捡起几朵花，放在一只手里揉了揉，手掌里马上就挤出了奶白色的汁液。

爱米丽看看窗外，大街上空无一人，除了一个身着浅褐色长雨衣的高个子。那人正沿着街道遛一只狮子狗。他的头歪向一边，点燃一支烟。附近的人说他是个诗人。

① 吉米·亨德里克斯(1942—1970)，20世纪摇滚史上最著名的吉他手。《红房子》是他著名的单曲。

爱米丽关好窗子,坐在了床上。她依稀能听到楼下父亲放的情歌,亚古斯丁·拉腊的歌声和缝纫室里桑蒂放的歌声交织在一起:

等等,这儿有点问题

这把钥匙打不开这扇门

等等,这儿有点问题

主啊,发发慈悲吧,这把钥匙

打不开这扇门……

爱米丽手里握着铅笔,拇指摸索着那几个牙印。她想到的是铅笔怎么也会有保护神呢。

案例

她出生于 1859 年,原来叫布琳希尔德·保罗斯达特·斯多塞特,不过,人人就叫她"贝拉①"。

她雇用零工到她的农场干活。她在报上打出"征婚广告",说什么"真正的美女征真正的帅哥"。

走近她的男人全都没了踪影。

马钱子是种毒药,也叫士的宁、番木鳖。无色晶体粉末,味道有点苦。马钱子碱是马钱子的主要成分,果实很像小橘子。马钱子果的种子有很强的毒性,误食后的症状,首先是脖子和脸僵硬。这种植物的花闻起来有股咖喱味。

关于她,有歌谣为证:

印第安纳的月亮上蒙着一层红
贝拉太强壮,满身是厄运
想想那些倒霉蛋
再也见不到圣保罗。

她说,如果你杀了某个人,那个人就会进入你体内。你就会觉得他们的手臂在你的手臂里,他们的腿在你的腿里。所以,她很强壮,就像她杀死的那些男人。

她让别人摸摸她胳膊上的肌肉块。

没有她搬不动的东西。

有人说,她能举起一匹马,举过头顶。

① 贝拉(Belle),在法语里就是美人的意思。

09

当"小日本儿们"
异口同声时

墨西哥城有三个名字。悠久悲凉时,它是特诺奇提特兰①的墨西哥;在午后叶子花迷幻般的光影中美丽非凡时,它是"墨西哥城";摩登、人口稠密、市声嘈杂时,它是所谓的"联邦区"。如果寄一封信,信封上写上简称"DF"足矣,没有人不知道这座大都市。

墨西哥城,天空是棕色的烟尘。天空是黄色的烟尘。天空是绿色的烟尘。天空不再属于天国。它不是天空。它是天花板。

从大学去往孤儿院的路上,爱米丽开着车,曲里拐弯地沿着穿城而过的内城高速公路走。一路上,时常可以看到墙一样高的巨幅广告牌。牙科治疗的广告——张开的大嘴,舌头和扁桃体都暴露在外。广告形象个个庞大无比:一个女人笑吟吟地为某个百货商店做广告;电视台正在为热播的肥皂剧做推广;政党在介绍他们的候选人。此外,还有一些百事可乐、袋装墨西哥面饼、大众汽车和拜耳药业的巨型广告。

---

① 特诺奇提特兰,古代阿兹特克帝国的首都,位于今墨西哥城所在地。

一条死狗横在路上,爱米丽开着车,赶紧别过脸去,转动方向盘,让车轮躲开血迹。

交通事故时有发生。赶上了,车几乎一动不动。高速路因而就衍生为市场。小贩们在车缝间兜售着报纸、糖果、香烟、瓶装水、日本花生和鲜花。有时候,他们也会卖用透明的玻璃纸扎着的小把白栀子花。

爱米丽一步一挪地沿着路向前蹭着,边蹭边观察着周围车里的人。几个女人正对着后视镜给脸上补妆;一个男人正用电动剃须刀刮着胡子,还有几个人在看报纸。不过,大多数人似乎都昏昏欲睡。

今天,这座城市是"联邦区":摩登,人口稠密,市声嘈杂。

爱米丽打开收音机,里面正播放一首传统的墨西哥儿歌:

　　白衣女士

　　披金戴银

　　摘掉金银

　　还原本模样

爱米丽到了孤儿院。她在车里待了一小会儿,从外面打量着这座建筑。孤儿院的外墙漆成了铁锈红色,临街的法式长窗,每扇窗子四周都漆上一道深蓝色的边儿。九重葛黄白相间的小花爬满了一面院墙。前门处是一条壮观的橡树通道,橡树高大结实,现在已经很少见了。闪闪发亮的黄铜门环由古老的模具打制而成,看起来颇像两只手。

爱米丽想,所有的孤儿一定都曾在这门前伫立过,打量过这双铜手。

她走下车，走过通道，伸手打门，黄铜的手此刻就在她的手里。门瞬间就开了，"小日本儿们"早就候在那里。大半个上午，他们已经跑过来好几趟了。看到爱米丽走进来，两个孩子高兴地举起手，上下跳着。

"开门之前你们应该问问是谁再开，"爱米丽责备道，"万一我是小偷怎么办？"

"阿加塔院长病了。阿加塔院长起不了床了。"他们像两只小自鸣钟一样异口同声地说。爱米丽心想，他们是成心想把两个人变成一个人了。

"你们说病了是什么意思？她怎么了？"

"我们不清楚，"玛丽亚说，"她在房间里，这儿没别的人。没别的修女和老师。我们都不知道怎么办，她病了。"

对孤儿们来说，阿加塔院长不舒服真是件可怕的事情。他们非常害怕再度失去。阿加塔院长生病了，孤儿院的孩子们也表现不一。有的想睡觉，有的相互抱在一起，有的抱着胳膊走来走去。

希波里特说，安琪丽卡已经在床底下待了一上午了。那是她最喜欢的地方：冰冷、黑暗。"她都没出来吃早饭，她不想和任何人说话。"

爱米丽走进内院，里面乱七八糟。毛绒小动物、三轮车、积木块、各种塑料玩具都堆到了阿加塔院长的房门口。"是我。"爱米丽站在门外低声说，"我可以进来吗？"她轻轻地敲了敲门。

阿加塔院长喊了一嗓子："当然，当然，进来吧。"

爱米丽打开门。阿加塔院长正坐在扶手椅上看报纸。

"哦，是你啊，"阿加塔院长说，"谢天谢地。孩子们一点儿也不想让我自己清静一会儿！"

"怎么回事?"爱米丽问,"'小日本儿们'跟我说你病了。"

"嗨,不碍事。"阿加塔院长合上报纸,指了指胸口,"有点感冒罢了。"

院长身旁放着几个纸巾盒,大号床边放着托盘,托盘里是一杯茶和一罐蜂蜜。此刻,她坐在挤巴巴的扶手椅里,灰白的头发散开着披在了肩膀上。椅子对她来说有点小,不过,她早已适应了各式各样的紧凑。

看到阿加塔院长卸去修女的打扮,爱米丽总会很惊讶。她看起来那么普通,那么有人间味儿,像个老姨妈。爱米丽心想,阿加塔院长只有那副修女的打扮,看起来才像个天使,像个萨满教士,像个女巫——来自另一世界的人。

"我明天应该能起来了。你知道的,我真不想让安琪丽卡知道我病了,她经不了一点儿事。"阿加塔院长说着,拿起茶杯,使劲喝了一大口。

爱米丽注意到,院长的床头桌上放着两只大大的玳瑁发梳,梳子旁边是一帧照片,上面是院长和孤儿们的合影。

"还是你妈送我的呢,"循着爱米丽的眼光,阿加塔院长说,"她说她想让我有点女性的东西,漂亮的东西。"

"多好看哪。"爱米丽拿起梳子,仔细地看了看,"看起来挺老的。"

"是啊,肯定很老。她还是在古董店买的呢,估计是西班牙货。"

爱米丽坐在阿加塔院长椅子的扶手上,"你还需要点什么吗? 我能帮你干点什么?"

"不用了,谢谢。我没事儿。就是要在床上待几天。不过,我倒是很担心你,跟我说说,家里的那些怪事消停了吗? 你还发现什么其他反常的事情吗? 还有没有什么东西被人动了?"

"没有。"爱米丽说,"没准儿都是我胡思乱想。可能是我太心不在焉了。"她把梳子别到阿加塔院长的头发上。"这些梳子别在你头上真好看，"爱米丽又接着说，"没有，没什么事儿。家里一切正常。我也很好，肯定都是我胡思乱想。"

"对了，"阿加塔院长问她，"你看过今天的报纸了吗？我刚读了段离奇的故事。听好了。"

阿加塔院长拿起报纸翻动着。"就在这儿，"她说着，"我读给你听。"

她清了清嗓咙，抽了抽鼻子开始读起来，"上面说：一对同住在罗马区①附近的兄妹，哥哥叫卡洛斯·马丁内兹，妹妹叫雷娜·马丁内兹，兄妹俩未娶未嫁，随母同住。母亲去世后，兄妹俩把家中的火和气关掉，光靠煤油灯和蜡烛，连自来水都不用。据说，有人在他们家附近看到过雷娜穿着快碎成破片的黄色浴袍出来买吃的，还有人看到她拖着几大包从街上捡来的垃圾走。雷娜有辆超市购物车，她捡来的东西都是用这辆车推回家的。人们经常看见她扒拉其他人家放在外面人行道上的垃圾。还有一次，有人看到她背上驮着一张旧床垫。

"后来，他们家的屋子里传出了难闻的味道。附近的猫和老鼠突然之间也比平常多了。警察接到邻居的举报电话来到他们家，花了好几个小时也没能进门，最后只好把消防队叫来了。消防队员搭起了云梯，从其中一扇窗户进入了屋内。到了里面，警察们才发现他们简直是寸步难行，因为里面堆积了如山的垃圾。光是清理这些垃圾就花了好几个星期，几辆卡车轮番作业，最终才把所有的东西搬光。

---

① 罗马区，墨西哥城一街区。

"他们在屋子里发现了十四架钢琴,成摞的报纸,缝纫机,婴儿车,福特T型车底盘,六只炉子、三个冰箱、十八只轮胎、三把小提琴、四辆自行车,几十个装满了硬币的袜子袋,几百只装牛奶的纸箱,一只毛绒猫头鹰,还有一摞一摞的鞋以及其他的东西。

"雷娜和卡洛斯已经腐烂的尸体,两个星期后在后面的屋子里被人发现了。卡洛斯躺在地上,手里握着一只烂掉了的苹果。法医推测说,他可能正在拿这只苹果去喂他生病的妹妹。雷娜躺在床上,身边全是玩具和玩具部件——粉红色的塑料腿、塑料头和塑料手。显然,这些东西都是她在整个城里的垃圾箱里翻拉出来的。有关当局说,他们没有找到两人的遗嘱,看起来他们也没有继承人。银行说,他们俩的账户余额超过四百万比索①。"

"太不可思议了!"爱米丽叫了起来,"他们是收藏家啊。真正的收藏家,地地道道的!"

"走在街上,你永远不会知道那些紧闭的窗户后面正在发生的事情。"阿加塔院长把报纸放到身边的地板上,"人人都有他私密的生活吧。我经常想,如果每个人都敞开大门和窗子生活,会是什么样子。如果我们都能看到别人家里的事,我们的反应会有所不同吗?"

"不说这些了,跟我说说,"阿加塔院长又喝了口茶问道,"圣地亚哥怎么样? 他来了吗? 不是应该昨天到吗?"

"已经到了,"爱米丽说,"昨天晚上我回家的时候,他已经和父亲在一块儿了。当然了,老爸正在给他看自己的白蝴蝶藏品呢。他以为人

---

① 1墨西哥比索约折合人民币0.5元。

人都会像他一样喜欢他的蝴蝶和虫子。"

"那，他长的什么样？"

"他是个孤儿，不过这我们都知道了，"爱米丽回答说，"我爸说圣地亚哥让他想起了他的弟弟查尔斯。"

"既然是个孤儿，他肯定会过来看看我们的。"

"我不知道，"爱米丽回答说，"他是个大人了，已经很不一样了。"

"爱米丽，"阿加塔院长说着又喝了口茶，"没什么不一样的，我看得多了，只有一样更糟的情况，就是孩子没了，爸妈成了他们孩子的孤儿，你妈以前老这么说。成了孩子的孤儿才是这个世界上最不幸的事情。你妈以前还说，应该给死了孩子的父母建一所孤儿院。"

"哦，圣地亚哥跟我妈一样是个建筑师。他刚在蒙特雷读完大学。我想他非常聪明，因为他很小就中学毕业了。他得和我们住上一段时间，直到找到工作。我爸看起来挺高兴的，说起来有些怪，他以前可不喜欢家里有人。"

"还不是为了你才例外的吗，这样你就有家的感觉了。我真想见到他啊！"阿加塔院长说。"还有啊，"她又问，在小扶手椅里直了直身子，"我一直想问问你，'小日本儿们'怎么办哪？你觉得怎么才能让他们适应这里的生活呢？"

"他们看起来挺好的呀，也许彼此需要一点点独立性。我们应该让他们做些只能一个人做的活动。为什么要这么问？难道你觉得有什么地方不对劲吗？"

"真是的，我真觉得有点不对劲，"阿加塔院长说，"你看，他们老是异口同声的，一个说了什么，另一个必定要重复一下。我们该怎么办？"

"老是异口同声的，老是异口同声的。"爱米丽自言自语地重复着院长的话。

爱米丽离开孤儿院的时候，看到"小日本儿们"蹲俯在一棵桉树下。两个小孩弯着腰，头挨着头，专注地盯着地上的什么东西。

"你们俩看什么呢?"爱米丽边问边走过去。站在桉树底下，她能闻得到树叶和树皮散发出来的霉薄荷味儿。她发现地上到处都是小而圆的桉树果。她捡起一个放在左手里。

"别过来，"希波里特说，一只手朝她摆着，"我们正有事呢。"

"别过来，"玛丽亚说，"我们正有事呢。"

"到底是什么事啊?"爱米丽又问道。

"没什么，没什么事儿。"玛丽亚说。

"没什么，没什么事儿。"希波里特重复着说。

玛丽亚抬头看着爱米丽。爱米丽看到她的眼眶里盈满了泪。

"我们正在对蚂蚁吐唾沫，想看看它们能不能游泳。"玛丽亚说。

案例

明知故意:名词。即便是怀疑和意识到犯罪行为的发生,却对犯罪行为(比如在某人家里交易毒品)视而不见,不闻不问。

注释:明知故意含有故意回避事实的意思,由此可以推断出行为人对犯罪有所认识。

——《韦氏法律大辞典》

洛库斯塔是一个职业女杀手,生活在 1 世纪。她是史上第一个记录在案的连环杀手。公元 54 年,罗马皇后阿格里皮娜雇用洛库斯塔毒死了皇帝克劳狄乌斯和布里塔尼库斯(克劳狄乌斯第一次婚姻所生的儿子,年仅十四岁)。

高卢的洛库斯塔知道如何用毒蘑菇炮制毒药。她把蘑菇晒干,压碎成粉末,撒在酒水里,放在做好的汤里或蘸料里。

她在动物身上试验毒药的毒性。

这些毒蘑菇的名字五花八门:绿帽菌(毒鹅膏菌)、白毒伞(白毒鹅膏菌)、追命天使或死亡天使(鳞柄白毒鹅膏菌)、小死亡天使(双孢鹅膏)。

这些真菌中的有毒成分主要是是鹅膏蕈碱和鬼笔环肽。

洛库斯塔闭上双眼时,眼中没有任何东西。

10

保护狼群

家里住两个人，感觉很安静。住三个人，难免要弄出些动静来，感觉乱糟糟的。爱米丽头一次觉得，街上的声音，家里各种东西的声音，其实自始至终都包围着她。她再也听不到木质家具吱吱嘎嘎的声音了，样样东西似乎都不在其位。桑蒂的书本、夹克衫、毛线衣，还有尺子和铅笔，屋子里四处都是，感觉他把整幢房子都霸占了。厨房里满是一盘盘的绿色葡萄，那都是桑蒂从市场上买来的。

桑蒂初来乍到，晚上，爱米丽和父亲便陪着他坐，不是在厨房里，就是在图书室里。他们喝着咖啡加热奶，偶尔也会来上几小杯龙舌兰酒。

桑蒂长大的地方是奇瓦瓦州养牛的牧场，靠近孔乔斯河①和博科伊纳镇。"想象一下你住在这样一个地方，什么东西都是热辣辣的，墙壁、你的鞋子、水，还有，哎呀，总之任何东西都是热烘烘的。你不住在那里真是体会不到。在这儿，我老爱去摸墙。我还不太习惯墙摸起来

---

① 孔乔斯河，墨西哥奇瓦瓦州境内最大的河流，靠近美墨边境。

冷冰冰的呢。我喜欢赤着脚在石头地板上走。"

桑蒂说，从他父亲的土地上能看到通往墨美边境的铁路。那条铁路，横穿奇瓦瓦州，一直通向锡那罗亚州①的洛斯莫奇斯市。

"那条铁路就像条长长的大河。"桑蒂说。"人人都跟着它，事事都跟它相关。我记得曾看见过一列货车，一路北去，开往得克萨斯州。车厢里装满了糖，总有些箱子漏了口，结果糖粒撒得铁轨上到处都是，招来成群的沙漠老鼠和野兔。老鼠和野兔都不知是从哪儿冒出来的，它们把路上的糖粒舔得一干二净。人们活在铁轨上，死在铁轨上，甚至生在铁轨上，"桑蒂说，"女人们还把洗好的衣服摊在铁轨上晾晒。偶尔，也有野兽和醉汉被过路的火车压死，引来一些秃鹰。"

"我记得以前在墨西哥城也看到过秃鹰。不是太常见，不过偶尔也会看到。现在是根本看不到喽。"爱米丽的父亲说。

"我从来没亲眼看到过，"爱米丽说，"我只是在百科全书里看到过。"

桑蒂说，小时候，他喜欢尽可能地靠近火车，感觉火车带来的风和速度，倾听路基碎石的嘎嚓声和车轮的喘息声。

"我总想着要扒上其中一辆，不过从来也没有付诸行动，"桑蒂摇头晃脑地说，"压根儿就没有客车，那时，很多人都想扒货车去墨美边境。有时候，从车门的空隙中，你可以看见他们向外窥视的脸，幽灵一般。还有些胆子大的人，就挂在外面的悬梯上。这都是我的世界。"

在博科伊纳镇，桑蒂十岁之前没有上过学。不过，他知道怎么骑

---

① 锡那罗亚州，墨西哥西部太平洋沿岸一州。

马,套牛,编筐,拉手风琴。

有那么几个晚上,桑蒂拉手风琴给爱米丽和她父亲听。他坐在厨房紧巴巴的椅子上,两腿夹着琴,低着头,好像和琴说话似的。一只手伸过腕带,压着按钮,琴箱拉来拉去。

桑蒂会演奏拉腊的歌,这令爱米丽的父亲很激动。"他是个诗人。人们以前都叫他'会唱歌的诗人'。每个人都会用心听他的歌。"爱米丽的父亲说。

桑蒂演奏的时候,爱米丽的父亲哼着歌词:

> 以血泪写下这故事,
>
> 写下这
>
> 因你而生的神圣之爱。
>
> 以血泪获得荣耀
>
> 转换成诗行
>
> 放在你脚下。

桑蒂还会拉墨西哥北方的民歌和探戈舞曲。

爱米丽的父亲站起身来,拉开厨房柜中的一个抽屉,从里面拿出六只银茶匙。"圣地亚哥,这几把茶匙是老货,当年你曾祖父发现那条小银矿脉后,首先做的就是它们。"说着,他就把茶匙摊开放在桑蒂面前的桌子上,"我觉得你手里应该有几把。它们也是你的历史的一部分。看到这个刻在茶匙上的字母'N'了吗? 墨西哥的银器匠向来都是最棒的。"

“谢谢。”桑蒂说着，拿过两把茶匙，放在一边。

爱米丽的父亲谈论现如今没有了的每样东西时，桑蒂就讲农场里没有了的东西。

“那儿也有很多东西现如今都没有了，”桑蒂说，“甚至是声音。不只是墨西哥城，哪儿都一样。我十岁的时候，就没有过路的火车了。明知道不会再有火车开过来了，但心里面还巴望着听到它们的声音，尤其是夜里。直到现在，心里还是有火车的幻象，似乎还能听到它们的声音。人啊，只有住在火车道边上才能体会到这些情感。我听见心中的火车在跑，感觉到它们在动，我总是想，最最让人伤怀的景象莫过于那些废弃的火车道。”

“火车的幻象。是的，我能理解。”爱米丽的父亲说。

桑蒂又说，小时候，他还看到过灰狼、响尾蛇和豪猪，偶尔也能看到野火鸡在铁轨中间溜达，寻觅着从货车里掉出来的干玉米粒。

他记得有个农场主，住在路前方几公里远的地方，打了三条灰狼，自豪得不得了，不光把灰狼剥制了，还把它们挂在门廊上供人观赏。

“那家伙肯定以为把狼这么挂着很好玩，甚至还在狼嘴巴里插上了雪茄烟。”桑蒂边说边咬了咬下嘴唇，拿起一把茶匙，用拇指上上下下、里里外外地摸索着。

“现在墨西哥肯定没有灰狼了。我看到的那几只大概也是最后出没在奇瓦瓦州的灰狼了。”

桑蒂断定，那家伙跑不了是个大毒枭，理由嘛，就是那人有很多车，多得足够建个车队了，还有，车窗都是暗乎乎的。

“这家伙平生最大的梦想就是去非洲打狮子。”桑蒂说，“只要他一开口,老是一句话:什么时候我去了非洲······"

"你玩过斗鸡吗?"爱米丽的父亲问圣地亚哥。

"我没玩过,不过,我们那里玩的人很多。以前还老听人说沙漠里有斗狗的,只是我没看见而已。怪事和坏事都是发生在'沙漠里',没什么例外。沙漠是滋生犯罪的好地方。"

"你听到过什么样的犯罪呢?"爱米丽问道。

"经常有传言说某某人失踪了。我印象比较深的是每隔两年都能看到塔拉乌马拉印第安人。他们通常住在纳拉拉切克①,出来都是为了到沙漠里采集皮约特②。我从来没试过那玩意儿,很多吸食那玩意儿的人都发疯了。我们只是把它当成药膏用,那东西治蛇伤、烧伤和其他伤口,效果不错。我妈妈以前总是搁一些放在厨房的架子上。"

有天晚上,桑蒂跟爱米丽和她的父亲谈到农场里发现的古代猛犸化石。那会儿,三个人正坐在图书室里喝着龙舌兰酒和啤酒。

"当时,我爸正在刨地,他一直在农场北边的角落里种紫色苜蓿,刨着刨着就发现了猛犸的骨头,"桑蒂细细讲来,"我帮着他,把化石骨挖了出来。那肯定是只成年猛犸,獠牙老长的,我们还挖出了长矛和石头箭镞。我爸想把他的发现告诉国家人类研究所,可我妈不让,说她可不想让什么政府工作人员踏上她的土地。"

"那肯定是项重大的考古发现,"爱米丽说,"不能想方设法悄悄地告诉什么人吗? 至少要把发掘地点保护起来啊。"

---

① 纳拉拉切克,位于奇瓦瓦州西南部山区。

② 皮约特,即麦司卡林,仙人掌的一种,生长于墨西哥北部与美国西南部的沙漠地带,其种子和花球磨成粉末口服后能产生强烈的幻听幻视作用。吸食麦司卡林的危害主要是导致精神混乱。

桑蒂叹了口气，接着说："没什么比墨西哥政府更让我妈讨厌的了。她说过，什么时候某个政客让她碰上了，她一定要啐死他。"

爱米丽的父亲说他有同感。对濒危的蝴蝶和甲虫，他从来就找不到关注的人。

"没人关心。我给参议员写信，给杂志写文章，没用，没人管。"爱米丽的父亲说着，用手指挠了挠头。"一年前，有个邻居，砍了一棵漂亮的蓝花楹大树，说是太乱了。想想吧，他觉得那些干燥的花都是垃圾！十分钟的工夫，长了一百多年的老树就被他砍掉了！砍树的人还是墨西哥城顶级医院里的某个医生的儿子！他们都这样，你说，我们还能有什么指望吗？"

"猛犸化石后来怎么样了？"爱米丽问，"还在那儿吗？"

"是的，应该还在那儿。"桑蒂说。"我们什么都没动，也没告诉任何人。不过，我把箭镞留下来了。化石骨也许没有了，沙漠能摧毁任何东西，"桑蒂低声重复着自己的话，"沙漠能摧毁任何东西。"

爱米丽的父亲伸了个懒腰，慢腾腾地站起身来，手扶着胯骨，"我是越来越老了，喝东西都没法熬得太晚，明天见吧。"他把空杯子放在桌子上，慢慢地走出了房间。

停了一会儿，爱米丽才扭头去看桑蒂。"他是越来越老了，有时候还真是不容易发现。"她说。

桑蒂没有吱声。他弯身捡起脚下的手风琴，迅速而富有节奏地钩在手腕上。"明天见吧。"说话间，他两个大步就走出了房间。

爱米丽站起来，收拾了下图书室，把杯子送到厨房，把灯关好。走到大门口，再把门锁好，把大大的铁门闩插好。这铁门闩，古老而陈旧，远在墨西哥革命①时期就被爱米丽的曾祖父安在大门上。

上楼进了自己的房间,坐到床上,脱下外衣,弯腰去开台灯。就在她摸到开关的时候,她看到床头柜上放着一根小小的箭镞。

她想起:

地板上的枕头,

床上的衣裳,

拉开的抽屉,

红色的苹果,

枕头上有牙痕的铅笔。

她感到了手腕处的心跳声。她尝到了嘴巴里干燥的沙漠尘土味。她听到了屋外路人的行走声。她听到一个女人的声音:"已经四个星期没有下雨了。"

她闻到了腐肉的味道。

---

① 墨西哥革命,即爆发于 1910 年至 1917 年间的墨西哥资产阶级民主革命。

案例

苏珊·塞迪·阿特金斯,加州佛弄特拉女子监狱编号为 WO8304 的犯人。

她在一次假释听证会上说:"我不打算对受害者及其家庭进行赔偿,我只打算对社会进行赔偿。我违背了上帝的旨意,违背了这个国家的行事准则。"

苏珊这个名字的意思是"百合花"。

帕特里夏·卡蒂·柯拉温克尔,加州佛弄特拉女子监狱编号为 WO8314 的犯人。

帕特里夏这个名字的意思是"出身高贵的"。

莱斯利·范·侯登,加州佛弄特拉女子监狱编号为 W13378 的犯人。

范·侯登告诉假释委员会:"我心口痛,好像也没什么办法来解脱那累积起米的痛,我冉没什么好说的了。"

莱斯利这个名字的意思是"灰色堡垒的"。①

她们不知如何用笔书写
她们只知用滴血的手指书写
她们会画直线会画圆
她们不会写"仁慈"这个词。

她们会走士兵步
一、二、三、四、五。
若某个男人让她们列队
她们就列队,
一、二、三、四、五。
她们会报数。

① 此三女都是上世纪 60 年代末查尔斯·曼森"家庭"的成员,这个组织一手制造了轰动 1969 年的谋杀案——杀害了波兰导演罗曼·波兰斯基怀有八个月身孕的演员妻子莎朗·蒂以及同在家中的其他四人。

一、二、三、四、五

她们会在前额上写字。

一、二、三、四、五。

11

箭镞

爱米丽坐在床边，手握箭镞，就着灯光，反反复复地看。箭镞似乎还带着沙漠的温暖。她仔细看了看打造的痕迹，裂口瑕疵，想象着箭镞深深插在猛犸肋骨里的情形。她知道，猛犸古老的血液里曾经浸透了这样的箭镞。

二十分钟过去后，爱米丽站了起来，披上外衣，拿起箭镞，三步并作两步朝着桑蒂的房间走去。她站在门外，深深吸了一口气，然后敲门。几乎是同时，她听到桑蒂的声音："进来。"

爱米丽走进房间。这是她母亲的缝纫室，自母亲消失后，这儿原封不动地保留着当时的样子。那台缝纫机，挨着一面长长的立镜放在角落里。桌上的一只篮子里放着五颜六色的针头线脑。其中一面墙上，有六个挂钉，母亲的草帽和毛线帽依旧挂在那里。另一面墙上，挂着一幅褪色了的旧画，博纳尔①的作品，一个女人躺在浴缸里。爱米丽知

---

① 皮埃尔·博纳尔(1867—1947)，法国纳比派画家。

道,窄小的壁橱里还挂着母亲的雨衣,其中一只口袋里还有手巾纸。

桑蒂躺在一张长榻上,身上盖着东西。爱米丽走过去,站在他面前,伸出胳膊张开手,一声不吭,展示着手里的箭镞。

桑蒂笑了。"你总算是推断出来了。我正纳闷,你是不是永远想不出来了啊。"他说。

他掀开毯子,好像打开一个洞口。接着,他说:"进来吧。"

案例

（露克蕾齐娅·博尔吉亚^①的头发，蛇一样蜷曲着，压在米兰安布罗修美术馆的展柜玻璃下。）

她的头发，像可以吃的麦子，像可以烧的麦秆。颜色如沙漠，可以在里面作茧。只有一条手肘，一根吊袜丝带，以及皎洁月光下的美妙肌肤，自杂乱的灌木丛中裸露。

有些人想摸一下，轻轻地摸一下，想完全地感知她，感知那混合着霉面包味儿的线绳一样的头发。那些头发，卷曲缠绕，里面藏有毒药，曾经饰有贝壳。

线绳样的头发，曾经被人解开，曾经让人惊讶，惊讶于这条黄色的蜡烛燃烧而成的黄色的河流，曾经刷碰过他人嘴唇的花骨朵般的上百个小卷。

黑色的，黑色石头的，梦幻般的黑塔，她在里面，俯瞰着过往船只的白帆，摇曳摆动，仿佛空荡荡的婚纱；

① 博尔吉亚家族是意大利文艺复兴时期最有名的贵族家庭之一，仅次于美第奇家族。这是个被财富、阴谋、毒药、乱伦的阴影笼罩着的家族。露克蕾齐娅是私生女，她的父兄利用她的美色，多次采用联姻的办法，毒害并夺取许多贵族的领地和财富。为此，露克蕾齐娅至少结过五次婚。

12

爱米丽并不甘心服从。
这是场"可怕的爱恋"。

参见:《可怕的爱恋》,勒诺·E.沃克尔[①]著。

恋人的守护神是圣瓦伦丁。据说这位圣徒死的时候,燕子、老鹰,所有的鸟儿都在挑选伴侣。

爱米丽和桑蒂一起躺在曾是她母亲缝纫室的房间里。桑蒂说:"你可以爱你的嫡堂弟,那感觉肯定和爱一只从森林里来的野兽不一样。"

爱米丽心想,他身上混合着甜瓜、鳄梨叶子和铅笔的味道。她在黑暗中环顾四周,母亲的东西在夜光下走了形。缝纫机看起来像犰狳,挂在墙上的那排帽子像站在电线上的一排鸟儿。墙角处的一个小柳条筐像只兔子。

圣地亚哥说,他已经偷偷观察她好几个星期了。他尾随她去孤儿院,尾随她去大学城。他破门入屋,没有人注意到他的存在。他看爱米丽洗澡,听爱米丽打电话。她不在家,他就坐在她的房间里,闻她衣服和香水的味道,看属于她的所有东西。

---

① 　勒诺·E.沃克尔,生年不详,美国女心理学家,执业心理咨询师,在家庭暴力方面的研究卓有成效。

"有几个晚上,我看你睡觉看了好几个钟头,后来就歪在你脚下的地板上睡过去了。"桑蒂说,"早晨我会悄悄溜出去,藏在屋子里的某个地方。"

桑蒂管她叫"爱米丽堂姐"。

他吮吸她的头发。他亲吻她的双手。他舔咬她的手指。他的唾液如同墨水,在她的背上涂抹。他抹出了火山、蜂巢、云中落雨。他抹出一条大蛇,沿着爱米丽小小的脊背蛇形地滑向她的肩膀。

桑蒂说:"我什么都看得见。我是你的护卫。我看到你梳头,修理指甲,往胳膊和脖子上抹乳霜。我听到你解手,听到你哭。"

"我什么时候哭了?"爱米丽问,"我从来不哭……"

"你哭了,'小日本儿们'到孤儿院的那天你哭了。我想舔去你脸颊上的泪水。我想抱着你。那天晚上,我把床上的纸巾都清理干净了,可是早晨你都没有发现。"桑蒂说得很快,上气不接下气地,好像在奔跑。

"是的,我没发现。"爱米丽答应着,"阿加塔院长说,我总是长不大,我太天真。她说的对啊。你不是一本书,你不是一个故事。你不是某一页上的插图。你为什么要躲起来观察我们呢?"

"我想看看自己是不是喜欢你和你父亲。我想看看你们父女俩是不是欢迎我来。我父母从来没有跟我说起你们和这所房子,甚至没有说起过任何奇异的或让我惊讶的事情。你想想看。"

"你把我们当成妖怪了吧?"

"也许吧。对我来说,偷偷看比敲大门更容易些。"

"桑蒂,我们都不要把这些事情告诉父亲,他肯定会生气的。我了解他。他会认为你不够诚实。"

"还有很多你压根儿没注意到的事情呢。所以啊,我只能露点马脚,故意留点线索给你,提醒你注意。"桑蒂说着,一根手指轻划着爱米丽的脸。他轻触着她脸上的轮廓,轻触着她的眼眉,脸颊上的酒窝,下巴处的弧度,"我喜欢观察你的反应。那些事情吓着你了,对吗?"

"是啊,"爱米丽回答,"我还以为屋里进了小偷了呢。"她想起东西被人动了后那种害怕的感觉,想起屋子里的甜瓜味数日不散时,自己的那种不安。

"我尾随着你去任何地方。如果能够的话,我还想看透你的身体——看透你的肾、脾、心和肺……"

"我不懂,为什么有人想这么做呢,感觉怪怪的。"爱米丽说着,双手拢起来捂着眼睛,"你把我当成鹿来追了。"

"那倒没有。我还……以前我不了解你。起初观察你,就是想看看我要不要表明身份,谨慎行事罢了。脑子里全都是过去的记忆,我觉得没什么指望,后来看到你打开前门,走出屋子,又看到你从人行道上捡起一朵蓝花楹树花,放在手里揉啊揉的,我当时想,你就像一只不会飞的小鸟。"

"如果我是鸟儿,你是什么?"

"我不知道如何谦卑。事事都是敌人,我和每个人都打架。我的两只手老是攥着的。我从来就没有朋友,也没有敌人。我在那个牧场上形单影只,总在想什么时候该下雨了,可以闻闻空气中的味道,听听打雷的声音。除此之外,我什么都没有。"

"我睡觉的时候也爱握着拳,从小就这样。阿加塔院长有时候不得不把我的手掰开。"

爱米丽拉起桑蒂的手,十指相扣。"我觉得身体里的每样东西都离我很远,心离手很远,手离心也很远。"爱米丽呢喃着说。

他们静静地躺着,沉默了片刻。爱米丽仰望着天花板,暗自思量,小小的灯泡罩怎么看起来像只猫头鹰啊。

桑蒂把毯子推到爱米丽的腰间,手掌移到爱米丽的腹部。他的食指伸触到她的肚脐处,问:"为什么不说话了?想什么呢?"

"没想什么。"爱米丽轻声说,亲了亲桑蒂的嘴唇。他的脸上,只有这个部位长得和她很像。

爱米丽悄声不语,因为她听到了内心的声音。她听到了世人的闲言碎语。

屋子前面的菜店老板娘说:她是个好姑娘,非常好的姑娘,虽说有那么一点点被父亲溺爱坏了。她母亲死得太年轻了,所以才会这个样子了。阴影里长不出大树,石头里打不出水来。道理都是一样的。

神甫说:她像个修女似的长大成人。说老实话,像她这样年纪的女孩子应该活泼好动,不应该这么清心寡欲的。也许她真该当个修女呢,当修女能少很多麻烦,那是肯定的。愿上帝保佑她,宽恕她的行为吧。阿门。

邻居家的用人说:她总是到她母亲的孤儿院去做义工,做着做着就跟她的堂弟私奔了。那个家伙,我看见他来来去去好几回了。他长得挺帅,跟个电影明星似的,不过,又不太像因方特·佩德罗①,没那么帅。如果他是我的堂弟,我也会跟着他跑的。堂姐弟结婚,很多人都这样,只是他们不说罢了。

---

① 因方特·佩德罗(1917—1957),墨西哥著名电影演员。

她的大学同学说:她觉得羞耻,无法面对世人,学业都没有完成。她是个好学生,最好的那种,真是这样。

阿加塔院长说:我敢肯定,她是个没有经验的处女。桑蒂的双臂抱着她,那是给了她翅膀。

她的父亲说:有人说他们去了奇瓦瓦州。想想啊,当初我还欢迎那小子来我家……

"哎呀,我想喝水了。"桑蒂说。

"嘘,嘘,"爱米丽答应着,"当心我爸听到。"

"别担心,他这会儿早睡过去了。"桑蒂轻声细气地说。

"那,牧场是什么样子的呢?"爱米丽问道,"多跟我讲一点吧。就你们一家三口吗? 你没朋友吗?"

"没错,就我们一家三口,还有漫天的尘灰。你这么想吧,那地方老让我觉得口渴。我父母倒是彼此挺恩爱,好像没有我这个人似的。我爸还有那么点吃我的醋,他就那样子,看起来有点野,骨子里却是个大好人。不过还是挺野的,我曾看到他亲手宰了一条狗,因为那畜生咬了我妈。他用脚踢那狗,一直踢得它断了气。"

"桑蒂,太可怕了。我吓死了。真是出乎想象,好像你说的不是我父亲的兄弟! 听起来他们太不一样了。"

"要我看,他们之间的兄弟之爱还是没丢的。没错,他们性格差得很大,你父亲有教养,我觉得我都应该称他为'先生'。"

"你想让我去给你拿杯水吗?"

"不,"桑蒂捧起爱米丽的脸,"我要尝尝你的水。"

"我尝起来什么味道?"爱米丽问道。

案例

朱迪丝·安·尼利十五岁时就认识了艾尔文·霍华德·尼利。当时她觉得，"他是个想什么就得有什么的男人，我也是他想要的。"

他们一路游荡，走过阿拉巴马、佛罗里达、路易斯安那和得克萨斯，一路寻找着彩虹，一路寻找着金子。

他管自己叫"夜行侠"。

她管自己叫"日舞女"。

他会说："日舞女，我告诉你，世上的东西，取之不尽，用之不竭，没必要拿很多。对你来说，这就是那块富饶之地。"

她会说："你就是我的蜜糖。"

他会说："日舞女，如果月亮可以出售，我就会把它买下来。不是假话，我会的。我会把月亮带给你。你轻盈得如同一根羽毛，一滴雨水，一朵小花。也许你还是一把吉他，一把小提琴——身体里面空空如也。"

她会说："可我并不能演奏音乐啊。"

他会说："你不唱我也能听得到你的爱之歌。你就是首歌，亲爱的，一首动听的歌。"

他们知道如何从外衣和夹克衫下面拔枪，把路人逼进树丛。

他们收集受害者身上的纪念品，甚至留下那些别人家墙上的照片：一个戴着生日宴会帽的女孩；一对新婚夫妇和结婚蛋糕的合影；一个男人坐在小船上；一个孩子和三只橡皮鸭子共浴；三个女人笑吟吟地高举着一瓶香槟酒。

有张照片，上面是个鸟笼，挂在门廊上，鸟笼里有一只黄白相间的金丝雀。金丝雀珠子般的小黑眼睛直愣愣地盯着镜头。这张照片深得朱迪丝·安·尼利的喜爱。

她会说:"是哪个不要脸的东西把一只金丝雀的照片放进钱包里?"

日舞女心里熟悉滑膛枪的所有部件:

枪托底板

枪托

手枪式握把

护弓

扳机

击锤

后膛闭锁块

前护木

枪管

肋条式散热器

枪口

前瞄准具

他会说:"记住,刚开始,你要装得像只小母鹿,羞涩胆怯,只是想跟那些人搭搭话,让他们觉得树林里的人好像正在野餐,正在聚会。你可以谈谈天气,要不就问问名字,打哪儿来的,好像我们只是想跟他们聊聊天似的,好像你正要从口袋里掏三明治似的。"

她会说:"我已经适应这种恋爱方式了。我以前从不知道,原来恋爱和谋杀可以并行不悖。"

13

蝎子蜇了希波里特的那一天

早上六点,爱米丽醒过来,悄悄溜下桑蒂的床,回到自己的房间。穿上浴袍,洗澡,刷牙,梳头,戴耳环,穿衣服,穿鞋,拎起书包,放下书包,走回浴室,涂口红,梳头,拍拍面颊,摸摸胸口,又梳了梳头,又刷了刷牙,又回到房间,又拍了拍面颊,又拍了拍面颊,又拍了拍面颊,又拍了拍嘴,又拍了拍……

爱米丽终于出了门,走在去孤儿院的路上。这会儿,她想,今天,这个城市应该是特诺奇提特兰的墨西哥城,古老而宁静。几个扫街的人,正在清扫街道。树枝做成的长扫把,好像巫婆用的。

一个仆人,穿着粉白格子的衣服,腰间扎着白色的围裙,正牵着一只黑色的拉布拉多犬过马路。

几个少男少女,显然是逃学出来的,穿着公立中学的海军蓝校服,正斜靠在粉绿色的墙上抽着烟。女孩儿们的校裙折到腰上,摆成超短裙的样子,蓝色的袜子褪到脚踝处,嘴巴上涂着棕色的口红。一对男女热烈地吻到了一块儿,两个人你亲我哑的,爱米丽都看到舌头了。

街上，人行道和围墙都是石制的，爱米丽边走边看着狗形的石头怪兽，石头童贞女，石头十字架和各种各样的石像基督，有的在壁龛里，有的在门上面，有的放置在门口一侧。蓝楹花树从这些石头遮挡中伸展出来，占据着天空，投一片紫罗兰色的光线。晨光中，粉色的、红色的九重葛花似乎有点无精打采。

爱米丽深深吸了口气。她闻得到石头的味道、太阳的味道和尘土的味道。她想起某本书中的一段话。这本书还是她曾祖父图书室里的书，这么多年来，她读了不下几十遍。那本书叫《母训百科》，1905年美国芝加哥的版本。爱米丽心想，这本书也许不是从英国船运过来的，没准儿就是在墨西哥买的。书中有一章谈到了勇气。爱米丽对那段话记忆犹新：一个人可以表现出身体上的勇气，临危不惧，面对翻车、沉船、惊马，心不为所动，脸不显苍白；另一方面，一个人也可以表现出精神上的勇气，为了正义，敢说敢言，即便令众人不喜，仍可以坚定履行令人不快之义务，拒绝错误行为；身体上的懦夫，雷暴来了，吓得浑身发抖，黑暗中独处，胆小如鼠，甚至看到一只老鼠，也大惊小怪，尖叫不已。

爱米丽喜欢那本书，因为书中倡导的东西都是她所不具备的。她希望能从其中找到窍门，知道女性的秘密。书里有些章节，谈到"穿着美的艺术"，"厨房工作指南和病人饮食"，还有"怎么变得漂亮"。不过，里面并没有指导恋爱的章节。

爱米丽感觉自己正在经历所谓翻车、沉船和惊马的险境。她能感觉得到雷暴的存在。

孤儿院里的每个人都慌里慌张的，希波里特被蝎子蜇了。他坐在天井的椅子上看书，弯下腰想拿橘子水喝，掌心朝下，手刚放上，就一把摸到了蝎子的头。

阿加塔院长用扫把打死了蝎子,把蝎子丢到一只小罐子里,让所有的孩子都过来认识一下。

"幸好是只棕色的,"阿加塔院长对爱米丽说,"不像杜兰戈州①的那种蝎子毒性大。那些白色透明的蝎子哦,咬你一口,几分钟小命就没了。"

"他被蜇了后有什么反应吗?"爱米丽问道。

"还好吧。当然了,也惊了一下,可你看,咬了他,他好像还很自豪的呢。"

孩子们都很怕。他们拿着罐子,摇晃着,好像要看看蝎子能不能活过来。他们研究蝎子大大的前螯,研究它的毒尾巴。

爱米丽跟孩子们说,杜兰戈州的人一辈子都在抓蝎子,他们靠抓蝎子养家糊口。有段时间,抓蝎子的人太多了,没办法,州政府只好花钱收购,死的活的都要,收上来的蝎子再交给国家。杜兰戈州有些人说大话,说1784年整个杜兰戈市就抓了六十万只蝎子。

爱米丽给孩子们讲蝎子的品种:普通条纹蝎,褐色蝎,巨毛蝎,魔鬼蝎和雕花蝎。"听名字就让人心里慌,是不是啊?"爱米丽问。

希波里特把手伸给每一个人看,不过倒真没有什么可看的。他自己觉得手火辣辣的,可在别人眼里,他的手似乎并没有什么两样,看不出蝎子的尖尾巴是从哪儿刺穿他的皮肤的。

"如果看不到虫子,有时候伤了都不知道是什么东西咬的,"阿加塔院长解释说,"好多被蝎子蜇了的人,压根儿就不知道是怎么回事,就是觉得刺痛。有些人反应厉害,只能送医院。"

---

① 杜兰戈州,墨西哥中北部一州,首府为杜兰戈市。当地盛产蝎子。

阿加塔院长跟孩子们说，既然蝎子蜇了希波里特，这只蝎子就归他所有吧。

希波里特把蝎子罐抱得紧紧的，好像抱着他的护身符似的。他说要把蝎子拿给安琪丽卡看看，于是就骄傲地迈着步子朝安琪丽卡的房间走去。

爱米丽跟在后面。"我和你一起去，希波里特，"她叫道，"等我一下。"

安琪丽卡趴在床上，躲在黑暗中看书，头快要贴到书本上了。她的身上，盖着一层轻飘飘的白棉布单子。窗帘是拉下的。鬼才知道她怎么能看得清书上写的字儿。

"我不想看什么蝎子。"安琪丽卡说，脸贴到书本上，"走开啊。"

"对不起，"希波里特说，"我想你会喜欢看的，我在楼下椅子上看书时它蜇着我了。"

"不看！不看！不看！"安琪丽卡使劲说，"出去啊，我讨厌房间里有那只罐子！"

"希波里特一片好心，"爱米丽说，"他只是想给你看看什么东西伤了他，别生气啊，他没有恶意。"

"我不管！"安琪丽卡尖声叫着，棉布单子蒙住了头，"我不想看那可怕的东西。出去！"

"真的很难看，像个怪物。看看吧，求你了。"希波里特央求着。

安琪丽卡突然坐了起来，掀开身上的单子，被单像翅膀一样从她肩头滑下。她几乎是光着身子，骇得爱米丽和希波里特不由得后退一步。希波里特倒吸了一口凉气。横贯安琪丽卡胸部的伤疤就像珍珠母，像牡蛎壳的内面一样磕磕巴巴。"你们走吧。"她小声而严肃地说。

案例

荒野,名词。一片开阔的荒地;现在通常指长满石楠且未被开垦的土地,没有开垦的长满了灌木的土地;沼地。

——《牛津英语大词典》

迈拉·欣德利[①]在一封信中,描述了自己对伊恩·布雷迪的爱。她说自己无法抗拒他的魅力,以此为理由为她的谋杀罪行做辩解。她写道,他是"如此一个人格力量强大的人,如此一个有着超凡魅力的人,如果他对我说月亮是绿色奶酪做成的,太阳是从西边出来的,我也会毫不犹豫地相信他。"

萨德尔沃斯沼地,挖掘者们没有挖到陶器、青石、骨刀、铁片、骨铲、凯尔特青铜罐、墓地、卢恩字母和罗马钱币。这儿是一块荒地,里面有页岩层、泥炭、草根土、冲沟和野草。

萨德尔沃斯沼地,太阳从西边出来了。

[①] 迈拉·欣德利,英国历史上臭名昭著的儿童谋杀案主犯,与爱人及同伴伊恩·布雷迪于1963年至1964年间在沼泽地杀害了四名儿童。

14

缔结在响尾蛇、狼群和猛犸化石间的婚姻

爱米丽走进家门的时候,亭廊里一片漆黑,只有一道斜光从起居室里露出来,表明家里有人。她又往里走了两步,马上就听到了父亲的音乐声。这会儿,上世纪50年代的老唱机里,正放着亚古斯丁·拉腊的一首歌。拉腊大半辈子的时光都消磨在妓院里,消磨在弹钢琴上,他喜欢的女人也是在妓院里为他人所杀。当时,她扑了上去,挡住了那颗射向拉腊的子弹。杀人者是个醋意大发的军官。墨西哥没人不知道这码事儿。爱米丽知道,拉腊长得挺难看,可女人们喜欢他。他甚至还娶了玛丽亚·费利克斯为妻。

爱米丽的父亲听到这首歌名叫《女人》:

女人,美如仙的女人
你的眼睛里有迷药;
女人,你香气四溢
橘子花盛开的香气。

爱米丽走进屋子,在父亲身边坐下。朝他欠了欠身子,父亲吻了吻她的脸颊。他说桑蒂不在家,因为有个工作要面试,他出门去了。"他早早就走了,你去孤儿院,前脚刚出门,他就走了,到现在还没有回来。还好,现在不是太晚。"

"他很快就会回来的,"爱米丽答应着,"我去弄点吃的,好不好?"

爱米丽走进厨房,心中暗自思量。桑蒂来家里没有几天,一片平和的家世界已经是天翻地覆了。桑蒂不在家,她和父亲就有点不自在,竖着耳朵听他到家的声音。桑蒂在家,他的音乐、脚步声、气味、说话声和笑声则把每个房间都填得满满的。

爱米丽打开冰箱,拿出几只青西红柿,一只洋葱,一小只绿椒和一小把香菜。接着又拉开抽屉,拿出一只小削皮刀,把菜切成小块,加了点姜,加了一茶匙盐,搅拌到一块。

烧菜的时候,她看到桑蒂的啤酒瓶子放在水池子里,一件毛衣搭在餐椅上。餐桌下面还有他的一双鞋,袜子胡乱地塞在里面。

她把装了奶酪馅的圆玉米饼热了热。耳朵里听到父亲站起来的声音,听到他走到唱机那里,又开始回放同一首歌曲。爱米丽把晚饭放在托盘里,端着托盘走到起居室。

"你想喝点什么吗?"爱米丽边说边走向酒柜,拿出一瓶龙舌兰酒和两只子弹杯,"好长的一天啊。"

"好啊,我想来点儿。"父亲说,"今天我一直在翻家里的老照片,突然发现咱们家里的人,以前照相的时候都不笑。笑是最近才有的事情。"

"你说得不错,咱家人照相是不笑。当时的习俗可不是这样的。"

"依我看，这倒挺新颖的。"

"我就知道你会这么说，"爱米丽回答，"我发誓下次拍照我再也不笑了。"

爱米丽和父亲坐着，好一会儿没吭声。骑车卖面包的人经过窗外，一阵车铃响。

爱米丽跟父亲讲了当天早晨希波里特在孤儿院被蝎子蜇伤的事儿。

"就是这些现在也少见喽，"爱米丽的父亲接着她的话头说，"记得小时候，经常能看到蝎子。出来都是成双结对的，打死一只，另一只肯定就在附近，想想就心里发毛。大多数时候，蝎子都在厨房的水池边出没，有时候也会钻到毛巾和床单里。上床前，穿鞋前，一般都要检查一下，现在不会有人觉得这样做有什么必要了。"

"阿加塔院长打死了蝎子，放到玻璃罐子里了，让每个孩子都认一认，"爱米丽说，"安琪丽卡却看都不想看一眼。"

"当然了，"爱米丽的父亲说，"她心里很迷茫，可以理解，可怜的宝贝儿。"

"院长说，安琪丽卡喜欢啊那些从花园石子路上捡来的小石头，院长让她别那样，安琪丽卡说，那些石头像冰块一样，非常凉。"

爱米丽的父亲揉揉眼睛。"这么多年来，"他说，"来来去去的也不知有多少孩子了，每个孩子背后都有一个故事，都有一个秘密。有些孩子的经历，说起来都让人于心不忍。我还记得有个小姑娘，她的故事简直令人心碎。那时，我还小，她叫安德里娅，怎么也接受不了父母去世的事实。你听别人说起过，是不是？"爱米丽的父亲问道。

"是的，"爱米丽回答，"你跟我说过，那小姑娘总想逃跑，她一直想去找她的爸爸妈妈。"

"晚上，为了提防她逃跑，你祖母不得不把她绑在床上。最后，她还是跑了。确切地说，她是咬断了绑着她的粉红色芭蕾舞鞋缠带逃跑的。唉，就算是捆她，你祖母没准儿都能捆成个完美的弓形！芭蕾舞鞋的缠带，你能想象得到吗？我怎么也忘不了这个细节！安德里娅再也没有回来，我们也再也没有听说过她。她失踪的时候，只有十一岁。"

"她是从哪儿来的？"

"我不是特别清楚，好像是警察在街上发现的。那小姑娘真是桀骜不驯，又是踢又是叫。她只喜欢一件事，就是洗澡。警察说，他们发现这小孩儿睡在门槛下，身边放着把怪怪的吉他，好像是用犰狳壳子做的。那东西也许现在还在孤儿院呢，就是不知道放在哪儿。"

"阿加塔院长担心，安琪丽卡把捡来的凉东西含在嘴里，会生病的。"

父女俩沉默了片刻。过了一会儿，爱米丽的父亲站起身来，往自己的玻璃杯里倒了点龙舌兰酒，吃了点夹奶酪的圆玉米饼，吃了点西红柿沙拉。"那么，"他问道，"你觉得圣地亚哥怎么样？"

"我不知道……"爱米丽说，"一个问题，睡觉前就问你一个问题。你和你的弟弟查尔斯非常不一样吗？"

"我们跟别人家的兄弟俩都差不多，没什么本质上的不同。为什么要这么问？"

"不为什么，只是听桑蒂说起他的父亲，感觉和你非常不一样。听起来，他父亲似乎很墨西哥化。桑蒂说他从来不说英语。"

"也许这只是桑蒂的看法。"

"也许你是对的。"爱米丽边说边捡起空盘子放在托盘里。

"还有呢,你知道我今天看到什么了吗?"爱米丽的父亲绷直了身体,摸着脖子问她。

"不知道,你说吧。"

"我在花园里看到两只蜥蜴。我很久没有在花园里看到过蜥蜴了。"

"我小时候,花园里到处都是蜥蜴。"

"是的,没错。"

"我还记得用人孔查的小儿子,叫罗伯托的,最会抓蜥蜴了。用拇指和食指一捏蜥蜴的下颚,就抓到它们了,而且蜥蜴马上就变得直挺挺的了……"

"是啊,它们那是装死呢。"

"他把蜥蜴用别针穿上,别到耳垂上当耳环。摘下来的时候,一吓唬就把它们吓唬跑了。"

"你从没跟我说过这些。"

"孔查告诉我,蜥蜴钻到人的耳朵里,会让人发疯,所以我们就不那么干了。"

"如果蜥蜴明天还在花园里,看看它们倒是挺有趣的。我希望鸟儿别把它们吃了。"

"我敢说,肯定会在的。"爱米丽亲了亲父亲的脸颊,"晚安,明天见。"

爱米丽走向自己的屋子,经过桑蒂的房间。门开着,她看到桑蒂的鞋。还有两双牛仔靴并排放在一边。桑蒂的书摞成几摞,有的摞在桌上,有的靠墙摞在地上。

爱米丽走进去细细打量着四周。桑蒂的手风琴放在一张椅子上。建筑图纸放在一个角落里,卷成卷,外面扎着红色的皮筋。

父亲的音乐声,隐隐约约地传上了二楼:

女人,美如仙的女人
你的眼睛里有迷药;
女人,你香气四溢
橘子花盛开的香气。

爱米丽刚想转身离去,突然发现一个黑白相间的相框立在旧缝纫机的台灯下。相框里是桑蒂的父母:他的母亲坐在室外的长椅上,看样子好像是牧场的前廊。黑色的头发梳成一个长长的辫子,搭在左肩上。桑蒂的父亲站在她的身后,双手放在她的头上,好像要祝福她似的。她穿着素朴的白色衣服,手里拿着三枝玫瑰花,整张脸都在桑蒂父亲的阴影中,颜色非常暗,完全看不清模样。一片暗影中,她仿佛火山玻璃的碎片,仿佛世界的初始,仿佛人类的女始祖夏娃。

爱米丽知道了,这肯定是桑蒂父母的结婚照。他们都没有笑。这是个缔结在响尾蛇、狼群和猛犸化石间的婚姻。

案例

"好像有只黑色的大鸟四处跟着我,"她曾说过,"那黑色的影子似乎总也萦回不去,我老是觉得头顶上有张黑色的翅膀。"

她杀人从来没有离开过家门。杀人近在咫尺,就像洗衣机、烫衣板和电视机一样近在咫尺。杀人发生在屋里。不在屋里,顶多也就在门口处或围墙处。杀人就发生在粉蓝色毛线编成的毯子下。

杀手中有流窜杀手、区域杀手和固定地点杀手。玛丽贝丝·提宁属于最后一种。

代理孟乔森综合征①是一种心理疾病,以冯·孟乔森男爵(1720—1797)的名字命名。孟乔森男爵是个德国士兵,喜欢说大话,编造冒险故事。患有这种病的人,对同情有某种强制性的需要,以至于他们会假装有病、编造悲惨经历来赢得同情和照顾。有些极端的病例中,病人会自残,甚至会杀害自己的子女以博得他人的同情。

玛丽贝丝·提宁喜欢人们抱着她,给她送花,打电话问她此时此刻正在做些什么。她尤其喜欢人们给她带金枪鱼炖锅和苹果馅饼来。

"哎呀,没有必要嘛。真的,没有必要嘛。"她会这么说,"您真是心太好了。"

玛丽贝丝·提宁喜欢身着黑衣,喜欢身着丧服。喜欢逛棺材铺,喜欢寻觅她能寻觅得到的上好的棺材。她最喜欢那种里面镶了白缎子的。那种棺材里面,衬里上缝有一个小枕头,可以让小孩子的头枕着。那种棺材看起来跟床一样。

玛丽贝丝·提宁喜欢葬礼,她会花好几天的工夫

① 代理孟乔森综合征,又称为代理性伴病症,医学上一种罕见的精神错乱病,患者通常为母亲,受害者通常是其子女,患病母亲会声称孩子有病甚至蓄意弄病或杀死他们。

来准备葬礼。她去美容院染发烫发，美容指甲。她还会添置新衣,不消说肯定是黑色的。有时候,她压根儿就不想戴手套,这样,来宾们就可以看到她上着粉色指甲油的漂亮手指了。

"面对死亡,你必须把自己弄得干干净净的。"她说,"面对天堂和我的孩子,我必须看起来很美才行。面对天堂和我的孩子,我必须闻起来很香才行。"

她的丈夫约瑟夫·提宁说:"你必须相信你老婆,她有她要做的事情,只要她做完了她的事,你就无须多问。"

1972 年至 1985 年,玛丽贝丝·提宁失去了九个孩子。

她的丈夫约瑟夫·提宁说:"你必须相信你老婆,她有她要做的事情,只要她做完了她的事,你就无须多问。"

玛丽贝丝·提宁从来就不会哭。当人们问她,活着怎么能没有一点眼泪时,她说:"我不想弄乱化好的妆,那样的话就太丢人现眼了。我心里会哭。眼泪直往下流,流到心里,不会有人看到。这样的眼泪依然伤人。眼泪就像打开的水龙头,真的,在我心里滴滴答答地流。"

审判完毕,人人都记得玛丽贝丝·提宁没有了九个孩子,却没有流下一滴眼泪。"甚至象征性的鳄鱼的眼泪都没有,"有人说,"连九滴眼泪都没有。"

审判完毕,人人都说,提宁的案子是孟乔森综合征的典型案例。

审判完毕,她的丈夫约瑟夫·提宁说:"你必须相信你老婆,她有她要做的事情,只要她做完了她的事,你就无须多问。"

15

"纪念爱米丽,托马斯·J.爱德华的爱妻,1897年3月3日逝于帕丘卡^①,年方三十。"

　　黑暗中,爱米丽躺在床上,辗转难眠。过往的车灯时而扫过房间。她听见父亲慢腾腾的若有所思的脚步声,听见他走进房间,带上房门。爱米丽展开四肢,一动不动地平躺着,双手搭在胃部。她在捕捉另外一种声音,新的脚步声,新的说话音,一双新的手握着她的手。

　　午夜时分,她朝左侧躺着,想到了孤儿院,想到了安德里娅,犰狳壳做的吉他。想到了由动物器官制成的乐器——骨笛,皮鼓。想到自己就是个乐器,心嗵嗵地跳着,仿佛一面古老的鼓。

　　十二点半,她朝右侧躺着,恍惚中似乎闻到了甜瓜和葡萄的味道。她揉了揉眼睛,想起父亲以前带她去看英国人墓地的光景。墓地位于

---

① 帕丘卡,墨西哥中部矿业城市,伊达尔州州府。

雷亚尔-德尔蒙特①,埋葬的都是来自康沃尔郡的矿工。那年,她只有十二岁。

墓地建在一个陡坡的坡顶上,可以俯瞰山谷和连绵起伏的马德雷山脉。一大早他们就到了,大门还没有开,门里面有只凶恶的守墓大狗。爱米丽和父亲站在门外,凝视着古老的墓墙和精致的铁门。一个小时后,看门人出现了,钥匙用一根绳子拴着,捆在破衣烂衫上。

山间的空气凛冽,爱米丽和父亲在墓园里游荡了一个小时,边走边读着那些墓碑。最好看的墓碑,上面还刻着天使,属于约翰·儒勒家族。1858 年,约翰·儒勒曾被任命为银矿的矿主。

"你看到自己的墓地了吗?"爱米丽的父亲笑着问她。

"什么意思啊?"父亲的问题弄蒙了她。

"你已经埋在这里了啊,"他说,"你想啊,你为什么叫爱米丽呢?"

父亲牵着她的手,走到墓碑后面。爱米丽站着,盯着墓碑看。墓碑上苔藓遍布,绿得发黑,上面的刻字模糊难辨。父亲大声读给她听:"纪念爱米丽,托马斯·J. 爱德华的爱妻,1897 年 3 月 3 日逝于帕丘卡,年方三十。"

"可她不是我们家的人,对吗? 你逗我呢。"她说。

"没错儿,亲爱的,"父亲说,"我是逗你呢。"

"这么年轻,不知道她是干什么的?"

"一个英国矿工的妻子,没别的。"父亲回答。

一点钟,爱米丽坐在床上。外面,附近巡夜人尖厉的口哨声依稀传

---

① 雷亚尔-德尔蒙特,墨西哥中部矿业城市,有银矿。

来。爱米丽想起"小日本儿们"刚到孤儿院的那天,为了打石膏扎绷带,衣服剪得东一块西一块的。她又想起,就是在那一天,她发现自己的枕头被人丢在地上,被褥被人打开,好像还有人睡过她的床似的。现在,她已经知道了,那是桑蒂用了她的房间,碰了她的东西,还有啊,没错,他还睡了她的床。

两点钟,外面有警车鸣笛驶过。爱米丽想起莉齐·麦克唐纳德的故事,孤儿院里的第一个孩子,一个苏格兰矿工的女儿。父亲告诉过她,莉齐一个人住在偌大的房子里孤孤单单的,所以曾祖母就给她买了只鹦鹉。故事就这样传了下来,说是苏格兰小姑娘教鸟儿用英语说话,它只学会了一个词,就是"莉齐"。莉齐回英格兰后很多年,鹦鹉一直都在喊这个名字,一直到死。

爱米丽想到桑蒂的电报,自己床上的红苹果,还有箭镞。

两点半,她终于听到前门的门锁开了,桑蒂的脚步声进了屋子。她听到他走进缝纫室,过了一会儿,他进来了,站在床头,不出声地脱了衣服。

"我来了,"他小声说,掀开羊毛毯子,钻进被窝,挨着她躺下,"我刚回来。你醒着吗?"

"你去哪儿了?"爱米丽问,"我当然醒着,我都有些担心了。"

"我碰巧遇到了几个过去认识的建筑师,以前的大学同学。我们找了个小馆子喝了几杯。"桑蒂回答说,"没想到这么晚了。"

她闻到他身上的雪茄味、香烟味和龙舌兰酒味,还有皮肤和头发上热腾腾的仙人掌的苦味。

"你喝酒了吗?"

"就喝了一点，就喝了一点。"说着他轻轻地笑了，"那儿有个弹钢琴的真棒，他能演奏弗兰克·辛纳特拉①的曲子。你肯定会喜欢那些曲子的。光是《任时光流逝》就弹了不下十几遍。"

爱米丽没理睬他。

"你不说话，是不是打算惩罚我？"桑蒂问。

"我以为你大概是不会回来了，"爱米丽说，"我以为你走了。我以为我再也见不到你了。"

"都是晚上害怕，你才胡思乱想的。在奇瓦瓦州，如果有人晚上害怕，人们就说，猫头鹰的灵魂进了他的身体里了。"桑蒂说着把爱米丽脸上的发丝拨到一边，"我想啊，这儿肯定有只猫头鹰。"

"我忍不住要去想，我以为你已经不见了，"爱米丽喃喃说道，"因为曾经有过，我想也许……"

"我肯定不会不见的，"桑蒂说着，把爱米丽的脸捧在手里，吻着她的额头，"你就像个小姑娘，不是我知道的那种太驯服太好驾驭的女人。"

"你觉得我不太驯服吗？"

"哦，你当然驯服了，别人让干什么你就干什么。你很好，很有责任感，健康长大，不会干多么出格的事儿。我都看到了，就算一个人待着，你照样克己自律，甚至可以说是过于谨慎了。"桑蒂说。

"既然这么让人讨厌，你干吗要和我在一起？"爱米丽坐起来，离开桑蒂的身体。闭上眼睛，双臂抱在胸前。

① 弗兰克·辛纳特拉(1915—1998)，20世纪美国最优秀的流行男歌手，绰号"瘦皮猴"。

"生气了?"桑蒂问她,"别跟我生气。对不起。"

"好了,如果你是那样想的话……"

"我不是有意要伤害你的,"桑蒂打断她的话,"当我碰到一个人,如此受到社会法则和社会期望的控制,我想我是有点不太相信自己的眼睛。你对所有的犯罪行为都清清楚楚。你对其他人的生活,甚至神灵的生活也都弄得清清楚楚。可你自己的生活呢,爱米丽?"他问道,"我就纳闷了,你从来就没有做过什么出格的事情吗?"

"我不知道,桑蒂,"爱米丽回答,"我以前从来没想过这个问题。"

"你揍过什么人吗?"桑蒂问。

"没有。"

"你故意破坏过什么东西吗?"桑蒂问。

"没有。"

"老实说,你没说实话。"桑蒂说,"多奇怪啊。你不记得了吗?"

"你指什么呀?"

"有一天我正在观察你,我看到你就坐在这儿,坐在床上。当时很晚了,我从门缝里偷偷看你。我看见你从衣橱里掏出一件衣服,把衣服撕成碎片。我看见你用手扯来着。"

爱米丽打开胳膊肘往后靠。"哦,是的,我撕了。我记得。"爱米丽说,"可衣服已经破了,我把它撕成碎片当抹布,厨房用的抹布。有些旧衣服,我就是这么处理的啊。"

"我不信,"桑蒂说,"你撕得那么起劲。我喜欢看到你的另外一面。"

"我没撒谎,"爱米丽说,"是你在撒谎吧?"

"是我在撒谎。人人都会说谎。不过,在重要的事情上,我不说谎。所以,我说我不会离开你不会失踪的时候,我没有说谎。"

爱米丽又躺回到枕头上,背对着桑蒂。她心里想:不见了(Disappeared)。十一个字母。像一枚戒指、一件毛衣、一把勺子那样不见了;消失了(Vanished),八个字母组成的词。像晨雾像露珠那样消失了,消失在魔术师的帽子里;丢失(Lost),四个字母组成的词。丢失在阿拉丁的神灯里;不在(Missing),七个字母构成的词。

爱米丽想:一天早晨,她醒来。洗澡穿衣。手袋放在沙发上,口袋里装上一百比索。打开水泵,走到市场,买了些水果。没有留下任何字迹。

警方调查过,询问土狼区市场的人。他们说爱米丽的母亲买了四个苹果,一只番木瓜,十二只柠檬,一公斤番石榴。在另一个摊子上,她还买了些黑色的线。

警方的记录如下:

夫名:尼尔

父名:基尔罗南

专名:玛格丽特

国别:爱尔兰

皮肤:白色

头发:黑色

眼睛:蓝色

身高:160 厘米

体重:55 公斤

失踪时间:1978 年 5 月 16 日

最后出现地:土狼区市场,上午 11 点

失踪时穿着:黑色棉布长裙,白色外衣,棕色平底鞋

爱米丽的母亲消失了,就像那些蝴蝶、甲虫,就像那些胡椒树和电报。

爱米丽清楚,母亲失踪的那天是 5 月 16 日,圣约翰·内波玛克①的纪念日。他是寂静和桥梁的守护神。

圣地亚哥很快就睡着了——像那些喝多了酒的人一样,睡得很死,睡得很不舒服。爱米丽徒劳地瞪着黑暗的房间,瞪着敞开的窗户,听着他的呼吸声。她心中暗想:丢失(Lost),四个字母,丢失在阿拉丁的神灯里。不在(Missing),七个字母构成的词。她扳着手指头数着。

黑暗中,她睁着眼睛,想着第一次见到桑蒂的情景。当时,他正在图书室里看她父亲的蝴蝶藏品。她的心里满是他的声音。她听见他在说:"那条铁路就像条长长的大河,人人都跟着它,事事都跟它相关。总有些箱子漏了口,结果糖粒撒得铁轨上到处都是,招来成群的沙漠老鼠和野兔。老鼠和野兔都不知是从哪儿冒出来的,它们把路上的糖粒舔得一干二净。"她还听到他说:"我曾看到父亲亲手宰了一条狗,因为那畜生咬了我妈。他用脚踢那狗,一直踢得它断了气。"

早上六点,已经能够听到外面扫街的声音了。爱米丽轻轻地推了推桑蒂的胳膊,推醒了他。

---

① 圣约翰·内波玛克(约 1340—1393),忏悔师,殉教者。波希米亚的主保圣人之一。

"现在,最好回你自己的房间去。"爱米丽说,"天亮了。醒醒啊。"

桑蒂伸了个懒腰,喃喃自语:"再睡五分钟吧。"

"不行,"爱米丽没答应,"我爸爸很快就醒了。"

"我不管,"桑蒂双手盖着脸,"你老是把我推开,"他说,"我想要你。"

"求你了。"爱米丽坚持着。

"你爸他终究还是会知道的。"桑蒂说着爬起来,向上伸了伸胳膊。

"也许吧,不过现在不是时候。"

桑蒂俯身亲了亲爱米丽的额头,手指滑过她的头发:"刚醒来的时候,我满脑子都是这件事,所有的词都有性,词有阳性有阴性。我刚才一直都在想这个。大海是女的,可海洋又是男的。椅子是女的。"

"这是你做的梦吗?"爱米丽问。

"不是,不是。我醒来的时候恰好想到这些。"

"好啦,没错,西班牙语就是这样的,可英语单词就没有阴性阳性啊。"

"不对,英语也有,差别在于,你需要凭直觉感受它。"

"那么'镜子'是男人还是女人呢?"

"这个问题太难了,我有点头疼,"桑蒂打了个哈欠说,"昨天晚上肯定喝多了。"

"你喝了很多吗?"爱米丽问。

"不是很多,不过我倒是很喜欢喝酒。"他下了床,拾起堆在地上的衣服。

外面传来卖面包的人轻轻的吆喝声。

"能帮个忙吗?"桑蒂问。

"说吧,什么事?"

"你能不能不戴那个十字架?"桑蒂说着,食指朝爱米丽的脖子处指了指。

爱米丽摸了摸胸前吊在链子上的金制小十字架。"这是我妈妈留下的,"爱米丽说,"我不明白。我一直戴着,为什么要摘了它?"

"我不喜欢。我不喜欢宗教信物。"

"真荒谬,"爱米丽说,"你不想让我戴这个,到底为什么?"

"这是我求你做的第一件事,你就对我说不了。"桑蒂把头扭向一边。

"可到底为什么呢?"爱米丽跳下床走向桑蒂。"为什么呢?"她继续追问。

"随你便吧,"桑蒂说,"你可想好了,爱米丽堂姐。"他边说边走出门,"你可是拒绝了我求你做的第一件事。对我来说可是意味深长。这是种什么样的爱呢?"

爱米丽眼看着桑蒂走出去,卧室门关上,自己一屁股坐在了床上。右手举着那只金制小十字架,直愣愣地望着窗外。感觉到自己的心在手心里跳。过了几分钟,桑蒂的屋里传来的音乐声。她听出来了,那是吉米·亨德里克斯的歌声:

> 哦,我像个冰棒似的站在这儿
>
> 站在你金色的花园里
>
> 竖起我的梯子
>
> 斜靠在你的墙上……

案例

银钳子

针线

烙铁

烧红的拨火棍

鞭子

还有,剪刀

……寂灭。

伊丽莎白·巴特利生于 1560 年,嫁到了龙骑士团下的波兰巴特利家族,虐杀了三百到六百五十名妇女。她们大多是到她家里找活干的穷苦农家女孩。每个到她家里干活的姑娘无一例外地失踪了。

路过城堡的村里人说,听到过里面传出的野兽声。

没有人认为那仅仅是刮风的声音。

有人说,那声音是一头关在笼子里的熊的叫声。有人说,那是一群乌鸦的叫声。还有人认为,那都是人们凭空想象出来的声音,因为那里什么声音都没有,唯有寂静。

她是众所周知的"嗜血女伯爵"。

伊丽莎白美丽动人,孩子般的黑色大眼睛,眼神里似乎还有些惊恐。皮肤柔软细腻,好似苹果皮、李子皮、桃子皮、葡萄皮、鸭梨皮。

她的老奶妈伊洛娜·朱,协助她把受害者的尸体搬到树林里去,树林里的野狼会吃掉这些尸体。

伊丽莎白方形的蕾丝大立领外面,珍珠项链绕成五圈挂在脖子上。她的每根手指上都戴着戒指,大拇指也不例外。人们都说,她怎么看怎么像是个母亲的乖女儿。人们都说,她举止优雅,"请"字"谢"字不离口,咳嗽时总要掩面避人。

唯有寂静。她知道如何穿针引线。她知道如何缝缝补补。她的针线活炉火纯青,五分钟就能给一件衣服上完边。

她把受害者的嘴巴给缝上了。

她尝试着各种各样的针法:

长短针,

盘针,

套针。

她有个大笼子,鸟笼一样,由附近村子里的铁匠打制而成。笼子里焊满了尖利的长钉。

笼子是牢房。

一个没有鸟叫的鸟笼。

一个偌大的针垫。

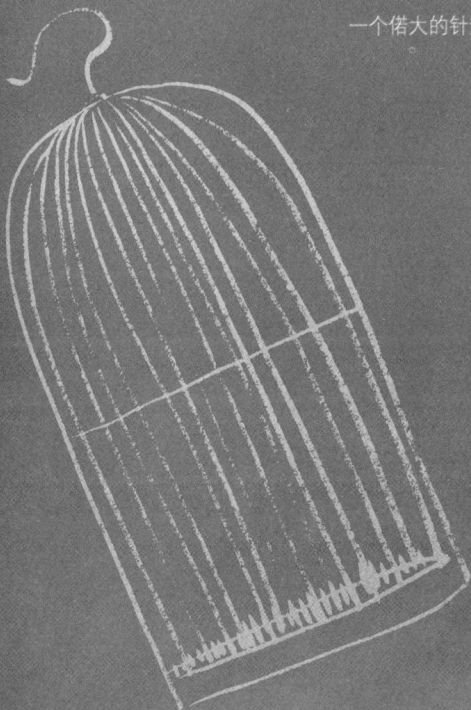

16

人们失踪时
发生了什么

"你怎么掉到了天边外?"爱米丽暗自思量。这句话小时候一定有人跟她说过,这句话像歌词一样留在她心里:你怎么掉到了天边外?

爱米丽想象着母亲独自走在空荡荡的石子街上,街边没有房屋,没有树木,没有街灯。街上,一个孩子用白色的粉笔在人行道上画满了画。街上,一个孩子在上面只是画花,画长茎的花,茎秆长得赶上了树木和房子的高度。她想象着母亲垂手前行,直直地走,直到掉到了天边外,就像掉下了悬崖。

每当孤儿院的孩子问爱米丽,她妈妈如何如何时,她就告诉他们她妈妈失踪了。孩子们百思不得其解,瞪着她的脸,不知道她说的是真话还是在戏弄他们。

爱米丽的父亲从来不提这件事儿。她都是通过阿加塔院长的只言片语,才依稀对这件事有了那么点儿印象。她知道,对父亲来说,那些天,那些周,那些月,那些年意味着什么。阿加塔院长说,起初,爱米丽的父亲坐卧不安,慌不胜慌,听到门口有动静,听到电话响,整个人就开始发抖。

"我看啊,他是两头发慌,找不到发慌,找到了也发慌,谁家里摊上这样的事,都一样。"阿加塔院长这样说。

母亲的东西,爱米丽的父亲一样没丢,屋里的摆设也一样没变。父亲卧室的衣橱里,依然塞满了母亲的衣服,鞋柜里依然摆放着她蒙着浮灰的鞋子,不知道为什么,爱米丽一直不敢穿母亲的鞋,她不想迈出母亲的脚步。

"也许他真的以为她会回来呢。"阿加塔院长说。

父亲的卧室里,梳妆台的左手抽屉中,依然还放着母亲的丝巾、晚包、发卡、梳子、首饰、面霜、口红和香水。

没有人知道发生了什么事。

"一个人怎么会掉到了天边外?"爱米丽问。

当年,四处打问时,每个人都有一套讲法。

一个市场里的卖鱼婆,说她看到爱米丽的母亲上了一辆出租车,身边还有两三个人。她说她看到他们都拿着雨伞,尽管当时还是早季。

卖柠檬给她的贩子说,爱米丽的母亲和一个高个子的中国男子在一起,那人有五十岁左右,看起来像功夫电影里的人。

卖黑线给爱米丽母亲的那个女孩说,她哭了,边哭边擤鼻子。女孩问她:"出了什么事?"爱米丽的母亲说:"我快要变成碎银子了。我手臂上打着925①的印记。我要离开女儿,我要离开丈夫了。没有我,他们俩会过得更好。丢下女儿不管,不会有人原谅这样的母亲的。我就像

---

① 925,代表银的纯度,即含银量为92.5%,被国际公认为纯银的最低标准。

《海的女儿》中的美人鱼,我的两条腿就要变成一条尾巴了。我必须到海里去,要不就得死了。"

卖番石榴给爱米丽母亲的那个老婆婆,因为白内障,黑色的眼珠上蒙着一层阴翳,说爱米丽的母亲怀里抱着个孩子,用厚厚的毛披肩裹着,黑色和棕色的条纹,而且,那披肩看样子还是托卢卡①那边的货色。

扫街的人说,看到她上了一辆警车。他说她高声尖叫,踢打个没完,警察好不容易才把她塞进车里。第二天,警察第二次询问他,他又说看到她上了一辆公共汽车。爱米丽的父亲为了把事情弄个直截了当,专门跑到市场里找这个人谈。可是,这个扫街人又说,他压根儿没有见过爱米丽的母亲,扔下爱米丽的父亲自顾自走了。

爱米丽小时候,阿加塔院长时常会引用圣十字架约翰②的话,安慰她说:"一只鸟儿如果被链子和线绳拴住,就不能飞翔。"说的时候抚摸着爱米丽的头发,让爱米丽想象一下,她的母亲就像一只鸟儿,自由自在地飞翔,即使晚上也不停下来,飞啊飞啊,永不停息。

好多年了,孤儿院的小孩你传我我传你的,传的都是同样的事儿:爱米丽的母亲丢了,为什么没有人发现她找到她呢? 就像在床下面找到一双丢了的鞋。

孤儿们清楚,他们是不会找到自己的父母的。有一次,"小日本儿们"喜欢的一本关于马的书找不到了,希波里特就气哼哼地对爱米丽说:"这下可好了,就跟你妈妈一样! 简直就跟你妈妈一样! 连个影儿

---

① 托卢卡,墨西哥中部城市。

② 圣十字架约翰,又称"背负十字架的圣约翰",16世纪西班牙神秘主义诗人,加尔默多会改革者。

都找不见！我都找遍了，就是找不见！"

桑蒂早晨离开她卧室的那会儿，有好几分钟，爱米丽呆呆地坐着，一动也不动。一辆载满了橘子的运货车缓缓地驶过屋外。货车后边的货郎，下身牛仔裤，上身T恤衫，T恤衫上印着"性手枪乐队"的字样，手里拎着个橘红色的塑料喇叭，大声吆喝着："卖橘子啦，又大又好看的橘子，又香又甜的橘子，快来买啊。"好一阵子，爱米丽的房间里飘满了熟橘子的味道。几只蜜蜂飞进窗户，又很快飞出去，加入到追着货车跑的蜜蜂群里。

她的心里，依然能听到他说的话：这是我求你做的第一件事，你就对我说不了。随你便吧。不过想一想啊，爱米丽堂姐。你可是拒绝了我求你做的第一件事。对我来说可是意味深长。

爱米丽解开链子，取下那个金制小十字架，把它放到梳妆台的一个盒子里。多少年没有摘下过它了。"我母亲的十字架。"她摸着胸口的那个位置暗自想，胸骨上，心脏上，十字架似乎还贴着她的皮肤，"我身体的一部分，另一块骨头。那块金子总是热乎乎的，有的时候比手还热。"

爱米丽的母亲失踪后，父亲又是当爹又是当娘。他带她去弗兰西斯科·索萨大街去上芭蕾课，领她去米格利托芭蕾用品店买了平生第一双尖舞鞋，陪她去理发师那里修剪头发。爱米丽想编辫子了，他又笨手笨脚地帮她扎。他要确保女儿的衣服是干净的熨烫过的。他给女儿读书讲故事，帮她把铅笔削好。

爱米丽的父亲从没有错过一场学校里的戏剧演出、舞蹈表演和展览会。他总是坐在前排，确保女儿能够看得到他热情的鼓掌。他替两个人拍,替两个人爱,替两个人听,替两个人梦。

爱米丽继承了父亲事事好奇的特点。每当父亲研究他那些消失在墨西哥谷地的昆虫生活时,她就去读那些五花八门的书。

阿加塔院长对爱米丽说:"每次到你们家总觉得怪怪的,里面静悄悄的——除了翅膀声和书页声。你总是在看书,你爸总是在捣鼓他的虫子。"

阿加塔院长还说,爱米丽喜欢地图,喜欢奇闻轶事,喜欢书本。这是她寻找母亲的一种方式,"你总想找到答案。"

"你说的没错。"爱米丽回答,"我总想找到答案,总想知道到底发生了什么。"

"发生了什么,你母亲的生活有头没尾,门窗始终没有关上。就是这样:你住在一座敞开了窗子的房子里。你小时候老是来问我,会不会有人给你妈妈送吃的喝的?亲人失踪了,这样的反应不奇怪,只有帕多瓦的圣安东尼能帮你的忙。"

"是的,是的,我知道他。丢了东西的人、没有小孩的女人、穷人、沉船上的人,还有旅行者,圣安东尼是这些人的守护神。"

"他还能帮你战胜饥饿,你漏掉一样了。"阿加塔院长赶忙补充道。

"真够怪的,"爱米丽说,"我倒是总觉得饿。"

爱米丽来到孤儿院,径直走到院长办公室,想知道这一天给她安排的什么课。

阿加塔院长坐在桌子后面读报纸。"见到你太好了,爱米丽。"她把报纸放到一边,站起身来,"这几天我老觉得大地在发抖,你是知道的,我对震动非常敏感。肯定要发生地震了。"

"我答应孩子们今天给他们上一堂有趣的课。"爱米丽边说边走近窗户,抬头望了望天,"你真的认为会发生地震吗?"

阿加塔院长走过去站到爱米丽身边。她个子太大,只能哈着腰,一只胳膊揽着爱米丽。两人举头仰望着挂在墨西哥城灰蓝天空中的那弯新月。爱米丽闻得到她身上柠檬花露水的味道。

"天上是不会有地震的,你看天干吗呢? 你应该看地才是。"阿加塔院长笑着说。

"月亮很美,"爱米丽说,"看起来有点儿发蓝。"

"你想给孩子们教些什么呢?"阿加塔院长问。

"我想让他们了解一些太阳系的知识,告诉他们土星环是由数十亿块冰块和碎石构成的。不过,玛丽亚也许不会让我讲,她最想听的是灰姑娘和水晶鞋的故事。她最迷这个故事了。"

"别忘了告诉他们,'墨西哥'这个词的意思是'月亮的肚脐眼'。"

案例

1822 年,玛丽·安·科顿出生在杜伦附近一个叫东瑞顿的村子里。父亲名叫迈克尔,母亲叫玛格丽特·罗宾逊。父亲是个矿工,在玛丽十四岁那年死于矿难。

托马斯·斯卡特古德,利兹医学院的法医学和毒物学讲师。他证明了死于玛丽·安·科顿之手的受害者都是死于砷化物中毒。受害人中有她自己的若干个孩子,以及若干个养子和若干任丈夫。

当时,《每日新闻报》发表文章称"女人天性爱毒药,通常钟爱砒霜粉"。

砷有黄、黑、灰三种同素异形体,有三氧化二砷和砷化三氢等化合物。纯砷在自然状态下是灰色结晶体。很多东西中都含有砷,如珐琅、涂料、壁纸和乳色玻璃,人体组织中也含有少量的砷元素。在谋杀或者自杀的案例中,砷通常是从口而入,有时也通过呼吸粉尘或是砷气进入体内。

玛丽·安·科顿买来软皂和砒霜是为了清理床头柜,为了杀虫。她说:"我喜欢家里干干净净的。"

她辩解说,家里人死了很可能是中了屋子里绿色花壁纸的毒。她说因为她从来不碰墙,所以才没有中毒。

"我讨厌墙,我甚至从来没有靠过墙,"她说,"墙是一种可怕的东西。"

慢性砷中毒的受害人,最初会觉得手脚有灼伤感,全身发麻。接下来的症状通常是皮肤发炎,脱发,视力受损。服下毒物最迟不过一个半小时,砷中毒的症状就会表现出来。

玛丽·安·科顿被判决犯有谋杀罪时,她说:"我是清白的,清白得像刚出生的孩子。"

　　1873年3月24日星期一,玛丽·安·科顿被绞死在杜伦法院的拘留所里。她的大名被编成童谣广为流传:

　　玛丽·安·科顿
　　死掉了,烂掉了,
　　躺在床上,
　　圆睁双眼。
　　唱,唱,哦,我能唱什么呢?
　　玛丽·安·科顿吊在了绞索上。
　　哪儿呢?哪儿呢?看上面,
　　一便士两个黑布丁喽。

17

哦,她在云中漫步

　　墨西哥城关门闭户,抵挡着漫天浮尘的晚上,爱米丽和桑蒂并肩躺在床上谈天说地。他们熟悉彼此的声音,甚于熟悉彼此的脸庞和身体。

　　"我看不到你,"桑蒂说,"你就像银河。"

　　桑蒂能整夜不睡觉,滔滔不绝。有时候,说起话来旁若无人,好像爱米丽不在边上。不过,她心里明白,自己不也是在一所寂静的房子里孤独地长大的嘛。爱米丽喜欢听也算个理由吧,桑蒂会讲各种各样的故事。他喜欢讲沉船的故事,跟她说起过"斯德哥尔摩"号和"安德里亚·多里亚"号①的相撞经过。他最喜欢是神秘的"玛丽·塞勒斯特"号的故事。

　　"故事发生在1872年,"桑蒂跟她说,"'玛丽·塞勒斯特'号搁浅了。船长布里格斯、他的太太和女儿,以及七名船员从此就失踪了。救

---

① "斯德哥尔摩"号是瑞典货船。"安德里亚·多利亚"号是1954年建造的意大利豪华客船,1956年7月25日在纽约附近和"斯德哥尔摩"号相撞后沉没。

生船不在船上，船员住处里的东西也丝毫未少。这说明他们离开船的时候非常匆忙。桌上还有吃了一半的饭菜，刀叉插在火腿上。有的人说饭菜还是温的呢。"

"也许你也应该留点剩饭剩菜，你不该在房间里留什么箭镞，不该把衣服扔在床上。"

"主意不错啊，"他接着她的话头，"我早该想到了。我倒是留下几个苹果，我还故意把你的床弄乱，让它看上去好像有人匆匆忙忙逃出去似的。"

"那倒是，"爱米丽说，"我越想你干的事儿，越想你偷住在这里偷看我，就越觉得像生活在《三只小熊》①的故事里。"

"什么意思啊？"

"想想哪，"爱米丽压低了嗓子学着小熊的口气，"谁一直在睡我的床啊？"

"是啊，我是睡了你的床。这样才能无限接近你啊。"

桑蒂觉得，爱米丽的神灵知识非常有意思。她说他应该去感谢阿加塔院长。

"你说起那些守护神，好像他们是你家里人似的，"桑蒂说，"给人的感觉，好像他们就是你的姨妈姑姑、叔叔舅舅。"

"真有意思，"爱米丽说，"如果他们是我的家人，那他们也是你的家人啊。"

---

① 《金凤花姑娘和三只小熊》是著名的童话，1837 年经诗人罗伯特·骚塞编辑后广为流传。写了三只小熊出门后，金凤花姑娘依次睡了他们的床、坐了他们的椅子，吃了他们的炖菜的故事。

"那谁是我的姑妈呢?"

"我不知道,"爱米丽说,"这得想想……"

"有没有堂姐弟的守护神?"

"我想不出来,"爱米丽说,"任何东西都应该有守护神,我得去问问阿加塔院长。她肯定知道。"

"我觉得阿加塔院长不见得会喜欢我。她大概很想把你占为己有,不想跟别人分享。"

"别那么说。你还没有见过她呢。"爱米丽有点生气了,"她人好得不能再好了。没有她,我真不知道自己会变成什么样子,没有人像她那样关照我。我爸爸只是照看我,保证手是洗干净的,右鞋穿在右脚上,阿加塔院长却会跟我谈心。我爸爸给我读《格列佛游记》,阿加塔院长却带我在街上逛。

"她总是很担心我。她说,我是个布娃娃,身上有燕麦味儿,意思就是说我很脆弱。她曾经跟我父亲说,她很担心我在家里太孤单了,她想让我离开家,到美国或英国去念书。我爸爸呢,老以为这个家里有他,对我来说就足够了。阿加塔院长急了会骂我爸。你想想看! 有一次,她质问我爸,我们家从英国来到墨西哥,身上那种狂野的康沃尔基因出了什么问题。她说你爸爸酷爱冒险。真是这样吗?"

"我父亲说你父亲的时候,说他'有教养',我不知道他是不是在说他好。"桑蒂说。

"说到阿加塔院长,我还得说上一条,"爱米丽接着说,"她把自己全都给了那些孤儿。她对任何人任何事都不存坏心。从这个意义上说,她是一名真正的基督徒。"

有一天晚上,爱米丽的卧室里,桑蒂和爱米丽躺在床上时,聊起了审问游戏,桑蒂跟她说了些审问者的审问技巧。

夜很深了,他们吃着削好的苹果,还有腰果。爱米丽早早地就把这些小吃食带上楼来了。两个星期以来,每天晚上她都这么带,以免桑蒂饿了的时候没有东西吃。她还带上来一大罐水和两只玻璃杯。

"提问的人,每个问题都用拉丁语和第三人称问受害者。受害者回答这些问题必须用第一人称回答。这样提问会让审问变得有些吓人,"桑蒂解释说,"造成了某种分裂。"

"受害者肯定会感觉到自己不在场,同时又好像是偷听了自己的谈话似的。"爱米丽说,"好吓人哪。"

"说对了,就是那样的。"桑蒂拿起一瓣苹果塞进嘴里嚼烂。他俯下身来,亲着爱米丽,把嘴里的苹果块喂到爱米丽的嘴里。

爱米丽把苹果块吐到自己手上。"别这样啊,拜托。"她说。

"我这是喂你啊,像鸟妈妈一样,"桑蒂轻轻地笑了,"让你恶心了吧?"

"我喜欢自己吃。"

桑蒂坐在床上,笔直得有些夸张,胳膊抱胸,头一仰,发一甩,眉头紧皱。"我要开始审问了。"说着,他站了起来,"开始玩了。"

爱米丽心中暗想,桑蒂光着身子站在屋子中央,看起来真是英俊潇洒。街灯微弱的光线洒进屋子,照得他身体微微发亮。

"好吧。"爱米丽说着,拿起放腰果和苹果的盘子,把盘子放在地板上。"你要把我的眼睛蒙起来吗?"她问道。

"我们还没想到这个呢。这次,我们不会蒙她的脸了。我们想看着她的脸。"桑蒂回答。"爱米丽·尼尔承认自己看到过月亮吗?"他的声音故意压得低低的,"她看到过月亮吗?"

"不,我是不会承认任何事的,是的,我看到过月亮。"爱米丽笑着答道。

"她看到过月亮,那么爱米丽·尼尔看到过太阳吗?"桑蒂又问。

"是的,先生。我既看到过月亮,也看到过太阳。"

"她把地球不是太阳系的中心这样的话记录下来了吗?"桑蒂问道。他走过来,跪在床边靠着她,额头压着她的额头。两个人的眼睛靠得很近,眼睫毛都碰到一块去了。

"我说过这样的话,先生,不过我从来没有记录下来,只是写信给朋友时提到过。不,先生,我不是伽利略。"爱米丽笑着补充道,"你以为我猜不到,是不是,桑蒂?"

"爱米丽·尼尔承认和她的堂弟有性关系吗? 她承认自己的血和血亲的血混到一块了吗?"桑蒂没有理睬她的问题,继续玩着游戏,"她知道这样寻欢作乐要被乱石打死吗?"

"够了,桑蒂!"爱米丽嘴唇哆嗦着,"停下来吧。"说着,身体离开了他,背向他朝床边躺着,"我觉得这样很没有意思。"

桑蒂笑出声来,说道:"爱米丽·尼尔不想玩游戏……"

"我不喜欢这个游戏。"爱米丽小声说,边说边摇着头,"拜托了,别玩了。"

圣地亚哥用胳膊搂着她,把她的身子扳过来对着他,连说了三遍"我错了,我错了,我错了"。

"好吧,问点简单的。爱米丽·尼尔知道哪支摇滚乐队给墨西哥总统开过私人音乐会吗?"

"大门乐队。太简单了。"

"是太简单了。这儿有个她答不上来的问题。我的中名①叫什么?"

"我不知道,告诉我。"

"爱米丽,你是个幸运的人吗?"

"阿加塔院长说,只要干自己喜欢的事儿就能远离厄运。你又过手指吗? 你敲过木头吗?②你知道希望某人好运往往会适得其反吗? 不过,"爱米丽一句接一句,"你还没有回答我,你还没有告诉我你的中名。"

说话和喘息间,突然一阵电话铃响。黑乎乎的屋子里,声音尖厉刺耳,好似警报。爱米丽用胳膊肘撑起身体,赶忙去看床边的闹钟。黑暗中,依稀能看到指针指在五点上。"孤儿院的电话。"爱米丽说,"阿加塔院长打来的。啊,不,"她有点沉不住气地说,"是安琪丽卡。"

"我没有中名。"桑蒂说。

她听到走廊那头,父亲起床接了电话。桑蒂和爱米丽一动不动地躺着。又过了几秒钟,父亲打开卧室的门,穿过走廊朝爱米丽的房间走过来。

他们听着轻轻的脚步声:一、二、三……

他敲门,轻声说:"爱米丽,亲爱的,你醒醒。"

---

① 中名,即介于姓和名之间的第二个名字,往往是祖先的名字。
② 叉手指,敲木头,都是西方人祈求好运的肢体语言。

桑蒂和爱米丽躺着大气不敢出一声。

"怎么了,爸爸?"

"阿加塔院长打来电话,"他说,"她要你马上到孤儿院去一趟。那个小姑娘,安琪丽卡,生病了。别担心,我会跟你一道去的。"

"好的,谢谢。"爱米丽回答,起身下了床,"我几分钟就好。"

"我在楼下等你。"爱米丽的父亲说着走回自己的房间。

他们听着轻轻的脚步声:一、二、三……

"出了什么事?"过了一小会儿,桑蒂轻声问,"谢天谢地,他没有直接开门进来。"

"他总是彬彬有礼。他绝对不会直接闯进来的,"她说,"爸爸总是会敲门的。"

"告诉我,出了什么事?"他轻声问。

"是一个孤儿,一个可爱的小姑娘,全身重度烧伤,有些怪异。她的父母都在火灾中死了。她非常勇敢。"爱米丽打开灯,边说边翻柜子,"阿加塔院长这个时候打电话过来,她肯定病得不轻。我也不清楚怎么回事。"

桑蒂斜靠在枕头上,双手叉在脑后,看着爱米丽穿衣服。

"有一天,我要是病了,你也会这么急急忙忙地跑去照顾我吗?"

"什么? 你说什么呀?"爱米丽边说边从抽屉里翻出一件毛衣,"可怜的孩子,孤儿生病了,真叫人难受。只有这个时候,你才会真正感觉到,他们是多么孤独。他们没有家里人。这个小姑娘,安琪丽卡,最讨厌热了,她总是找凉快的地方躺着,总是喜欢喝凉的东西。她总是觉得渴——就跟你一样。桑蒂,就跟你一样。相信我,如果你看到她,看到她满身的烧伤,你也会感到心碎的。"

"听着，我问你是不是哪天也会这么急急忙忙地跑去照顾我？"桑蒂又问了一遍。

"当然会了。"爱米丽说着坐到床边，开始系鞋带，"我当然会去照顾你了。"

"那就转过来亲我一下。"圣地亚哥说。

爱米丽转过脸，俯身亲了亲他。

"我不喜欢你爱别人，"桑蒂说，"我就是想让你爱我。没人教给我要跟别人分享爱。"

"那是因为你被宠坏了。"爱米丽笑着说。

"也许吧。"桑蒂说，"不过，你没意识到我在吃醋，我不是开玩笑嘛。我嫉妒你那件贴身穿的衣服，我嫉妒你吃的东西，嫉妒你嘴里的葡萄，嫉妒你唇边的杯子……"

"嘘，打住。我爸会听到你在这儿的。"爱米丽轻声说。

桑蒂从床上坐起来，说："你从我身边走开，我嫉妒你脚下的路。"

"嘘，别说了。"

爱米丽梳着头发，把头发在脑后盘成一个髻。这时，看着她的桑蒂突然轻声哼唱起来。爱米丽知道那首歌：

她在云中漫步

思绪万千心放飞

蝴蝶、斑马、月光、童话，

她想着这些，念着这些

乘风而去……

唱到这儿,桑蒂不唱了。"听着,"他说,"如果你离开我,我知道会发生什么——衣带渐宽,衣服穿不了,鞋也大了,人憔悴得走了形。"

孤儿院里静悄悄的,孩子们睡得正香。大门口,阿加塔院长迎着爱米丽和她的父亲。院长穿着棕色的旧浴衣,长长的灰发编成两条辫子,顺着肩膀奔拉到胳膊上。她不断地把辫子挪开,好像它们是钟绳似的。

"谢谢你们这么快就赶过来了。"阿加塔院长压低了嗓音使劲说,"开始,安琪丽卡病了,跟别的孩子没什么两样。幸亏我起得早,去看了看她。她一动不动地躺在床单下,嘴里一遍遍地反复念叨:'安琪丽卡发烧了,安琪丽卡发烧了。'医生已经在这儿了,不过安琪丽卡看到爱米丽来了肯定会很安心。"

"当然。"爱米丽的父亲说,"爱米丽肯定在这儿的,她哪儿也不会去。"

"罗德里格兹医生已经在楼上了,"阿加塔院长心烦意乱地说,话讲得跟下雨似的噼里啪啦的,"跟我来吧,医生已经到了二十分钟了。我先给他打的电话,当然了。昨天我真的看到上帝的手指头了,到处都是,心慌得不得了。我发了好多愿,可怜的孩子,如果她活下来,我会当她的天使的。她肯定不会有事的。一个小孩子,怎么说病就病了呢?昨天还好好的,坐在天井那儿画画,我还看到她把脸贴在冰凉的书页上。真是吓死我了,圣母马利亚啊,安慰安慰我吧。"

大家快步穿过黑暗中的院子上了楼。将近安琪丽卡的房门时,医生开门走了出来,在走廊里迎着他们。走廊两边的墙上,挂着一排排的相框,记述着孤儿院的历史。有几张黑白照片,上面是爱米丽的曾祖母和孤儿院的建筑方以及首任教师们的合影。还有一张照片,题为"英国旧货展"。当年,爱米丽的曾祖母组织了这个展览,通过展览募资为孤儿院添置家具。照片上的一群女人家,穿着伊丽莎白时期的衣服,挨排站着。墙上还有很多孤儿的照片,都是在孤儿院长大的几代孤儿的留影。有一张照片,拍摄于1910年5月20日,地点是基督教堂,上面是爱米丽的曾祖父和曾祖母参加纪念会的留影,时任总统的波菲里奥·迪亚斯也参加了当天的那场纪念爱德华七世的集会。靠后的照片上还有阿加塔院长和爱米丽母亲的合影。她们在天井处背靠着石灰墙挽着胳膊站着。爱米丽母亲的眼睛是闭着的。

罗德里格兹医生为孤儿院的孩子们看病已经看了二十年,他一直也是爱米丽的私人医生。

"安琪丽卡烧得很厉害。"罗德里格兹医生说。他把温度计放进衬衣口袋,抬了抬眼镜,"烧伤病人会这样的,一般人觉得已经没事了,其实不然。也许是皮肤的什么地方感染了。我去给医院打个电话吧,让他们准备好,安琪丽卡需要住院治疗。她的脉搏跳得很快。"

"我能进去看看她吗?"

"当然可以,"医生回答说,"你告诉她,她需要到医院待上几天,也许你可以帮她收拾点东西。我去打电话了,通知医院我们马上就到。"

"她会不愿走的,"阿加塔院长说,"怎么说才能让她答应呢,我还真不知道。她讨厌那种地方。住院都住得够多的了,可怜的孩子。"

"我们没有别的选择,"罗德里格兹医生回答说,"她需要更好的治疗,需要立即输液打抗生素。"

"我来想想办法吧。"爱米丽说。

"我带你去我办公室打电话吧。"阿加塔院长对罗德里格兹医生说。爱米丽看得出来,院长心情沉重。她老是用手扒拉辫子,而且还踮着脚尖走路,跟小孩子一样。

屋子里,安琪丽卡静静地躺在床上。看脖子右边,爱米丽就能感觉到她心跳得很快。眼睛亮晶晶的,像块湿漉漉的小石头。躺在床上,小动物似的,像只兔子,像只老鼠。

爱米丽关上床边的台灯。她知道,安琪丽卡不喜欢光线。

爱米丽坐在孩子的床边,没去碰她,也没去拉她的手。

安琪丽卡不喜欢别人碰她。

"我老想学你那样优雅地说话,"安琪丽卡轻声说,"我想把话说得漂亮点,像你那样,用'多谢'啊,'如果您不介意'这样的字眼说话。"

"你会的,"爱米丽说,"一点也不难,总有一天你会学会的。"

案例

薇拉·伦克兹上世纪 30 年代生于布加勒斯特。占有欲强，嫉妒心重，不相信她所有的丈夫和情人。她认为他们都不忠实。

她说："我的男人，哪怕只看了别的女人一眼，要是被我发现了，就是不忠。他和别的女人说话，被我发现了，就是不忠。跟别的女人聊天，被我发现了，也是不忠。聊天和说话都是不忠。"

薇拉的东西别人是碰不得的，她的梳子不能碰，她盘子里的东西不能尝。她吃东西，不会留下半个苹果或是一瓣橘子什么的。她的恋人，她恨不能把他们藏在口袋里。如果有人跟她借东西，她会说："无论是借给别人，还是跟别人借，在我这儿都行不通。"

她说，她生命中所有的男人都抛弃了她，就算她精心准备了浪漫的烛光晚餐、音乐和美酒都没能挽留住他们。可是，警察打开她的酒窖的时候，却发现里面有三十二具男尸，每具都躺在专门为他们定制的棺材里。

薇拉·伦克兹说自己是个烹调高手。对自己的秘制菜谱无比自豪，根本容不得别人分享。如果给逼急了，她也会露出几手来。配料都是改了的，不是省掉一两样东西，就是在量上做文章，不是多就是少，照她的配方，不可能有人做出她那样的菜品来。

这是她最喜欢的一道菜：

洋葱拼盘
挑几个白皮大洋葱，清理一下洗干净。洋葱入锅高火煮软，冷却去心。
胡桃子泥、牛奶拌的面包屑、切碎的洋葱心、切碎的新鲜莳萝和欧芹,切碎的去核黑橄榄,根据口味放入适量的盐和黑胡椒,再加上一撮砒霜,搅拌均匀,填入洋葱心。

把填好馅的洋葱放入锅中,淋上以下作料:面糊、植物油、一杯干白,几勺酸奶油,再放上一撮砒霜。用小火熬至作料干。

赶上圣诞节和复活节,葡萄奶油甜面包会代替普通面包。

18

悲伤的一天，
悲伤的一章

安琪丽卡的葬礼安排在6月13日。这一天是帕多瓦的圣安东尼的纪念日。

早上参加葬礼前，爱米丽问桑蒂想不想和她一道去，桑蒂说："不想。"那会儿，他们正在吃早餐。有柠檬和盐拌的番木瓜片，有涂了黄油和草莓酱的面包。餐桌上铺着绣花的白色棉桌布。

"为什么不想去?"爱米丽问。

"就是不想去。"桑蒂答。

"为什么?"爱米丽追问。

"因为我不认识她。求你了，我不想，我不能……"他有点结巴了。

"不认识就不想去? 你知道的，这件事对我来说很重要。我爱她。为了我，你就不能关心一下?"

"听着，爱米丽，"桑蒂一字一顿地慢慢说，"我不想做的事情，请不要勉强我去做。"

"我原以为这不过是人所共有的善心罢了。"爱米丽回应道。

"我不想去，只是不想站在坟边上，扯不上什么善不善的问题。"桑蒂又说，口气生硬。

"这家孤儿院也是你的先祖创立的呀。银矿收入的五分之一，你还记得吗？"爱米丽有些不依不饶了。

"我父母从没有跟我说起这些。过去并不重要。"

按爱米丽父亲的安排，安琪丽卡葬在了英国公墓。公墓位于墨西哥城的塔古巴街，挨着西班牙公墓、犹太人公墓、葡萄牙公墓、美国公墓和法国公墓。这一大片地方原先属于墨西哥城的郊区。现在，大工厂和大仓库已经取代了曾经环绕公墓的绿地。沿街有很多铺子，卖大理石的，卖石碑的，提供刻碑服务的，琳琅满目。每个路口都有花摊，盛开着的红色、白色的康乃馨，插在蓝白相间的大塑料桶里，塑料桶里满是浑水。

公墓杂草丛生，无人照管。外面，锻铁大门上有一块标牌，上面说公墓的第一块石头是 1926 年放下的。公墓里面，圆形的圣公会小礼拜堂早已破败不堪，一片颓垣残壁。礼拜堂的屋顶塌陷下来，燕子在天花板上做窝，摇摇欲坠的窗户那里，鸟儿们成群结队地进进出出。小礼拜堂闻着有一股子湿叶子味儿。

安琪丽卡的墓地，挨着一个 1897 年海里淹死的苏格兰人和一个死于二战的英国人。

爱米丽的父亲租了一辆公交车，拉上孤儿院的所有孩子来参加安琪丽卡的丧礼。在丧礼仪式中，孩子们非常安静。每个小孩都轮流捧过一把土，撒在安琪丽卡的棺木上。这之后，他们就开始在墓地里疯跑，好像得了解散的命令，可以在这个偌大的花园里游戏似的。在一排排树皮光滑的女贞树下,他们读着墓碑上的文字:珀西·波蒂厄斯(一次大战中的皇家野战炮兵和布尔战争中的皇家义勇军),1884年4月22日生于英国森德兰市,1938年6月8日被害于墨西哥城。

"小日本儿们"很快就发现,小孩子的墓碑上面通常会加上个石刻的小天使像。他们手挽着手,穿行在这些墓地间,大声读着碑文:弗勒,宝贝女儿,1948年3月23日;巴洛,宝贝儿子;尼诺·米德;尼诺·卡洛斯·J.奥戈曼;尼娜·瓦利斯,1919年8月16日;安妮塔,弗兰克·曼农和安妮塔·曼农不足一岁的女儿,1900年1月。

"刚开始读书写字,课堂里念,书本上看,墓碑上认识,有什么不一样吗?"阿加塔院长看着孩子们在墓地里跑来跑去,声音里不免有些挫败感。

沿着墓地中心大道的两旁是一排排锻铁椅子。爱米丽和阿加塔院长坐在椅子上。"起风了。"阿加塔院长说,仰头看了看树。

"是啊,"爱米丽答应着。心里想,今天的城市是特诺奇提特兰的墨西哥城——悲伤而残忍——"仙人掌结果子的地方"。"读那些碑文,看每个人来自何方,感觉真是奇特。利物浦人,伦弗鲁郡人,苏格兰的埃尔金人,曼彻斯特人……你看到那块康沃尔人的墓碑了吗?"爱米丽接着问。

"看到了,肯定是个矿工,跑不了,要么就是个酿酒工。"阿加塔院长说。

"我们得走了,去招呼孩子们吧。"爱米丽的父亲沿着中心大道朝她们走过来。为了安琪丽卡,他专门穿上了深蓝色的西装,打上了黑色的领带。看到他这一身庄重的打扮,爱米丽多少有些感动。她第一次觉得,自己的父亲才是所有这些孩子唯一的父亲。这会儿,他把胳膊伸给爱米丽。爱米丽站起来，挽起父亲的胳膊。父女俩朝公墓东边的墓地走去，留下阿加塔院长独自坐在长椅上。

"尼尔家族的人也埋在这里。"父亲边走边看着那些杂草和杜鹃丛中的墓碑。

父女俩一动不动地站了一会儿，又走回到阿加塔院长那里，在她旁边坐下。几个孩子躺在墓冢上，闭着眼睛，玩着装死人的游戏。三个人看着他们玩，没有说话。

安琪丽卡是阿加塔院长失去的第一个孤儿。

"她是个受伤的小东西，受伤的脆弱的小东西。"阿加塔院长一遍又一遍地说，手里拿着一块硕大的白手绢，与其说那是手绢，不如说是一面白旗。她情不自禁地哭着，边哭边揉着鼻子。

"你已经尽力了。"爱米丽的父亲把手搭在阿加塔院长的肩膀上说，"她是什么样的命，谁能说得清呢，肯定不会是简简单单的。"

"孤儿院里少了她，真是很难想象，"爱米丽说，"会冷清不少。"

"是啊，"阿加塔院长说，"记得她刚来的那天，在我的办公室里，不停地从这只椅子上挪到那只椅子上。后来我才明白过来，只要她的身体把椅子焐热了，她就得换个凉的地方坐。"

"没错，的确是这样。老是换地方。"爱米丽补充说。

"记得她在孤儿院待了几天后，说过一些莫名其妙的话。她说没有人理解时间，说有些天，她要过上三四个晚上。没错，她说得对。"阿加塔院长说。

"我记得，她会好几个钟头坐在冰冷的浴缸里，什么也不想吃。后来才知道，她吃热的东西会觉得疼，"爱米丽回忆着，"她从来不说话，只是因为不想吃东西。"

"是的,我记得。"

坐在阴凉的墓地中,耳听着孩子们跑来跑去的声音,耳听着墙外大路上货车开过的声音,爱米丽的心里浮现出安琪丽卡烧伤的小手。小手里不是握着冰块,就是握着冰凉的小石头。她想起有一天,安琪丽卡突然不见了,谁也没看见她去哪儿了。孤儿院上上下下全体出动,连衣橱和楼梯下面都翻遍了。最后,还是爱米丽在楼下的厨房里发现了她。安琪丽卡站在冰箱前,光着身子,对着大开着的冰箱门,里面的光透出来,照亮了孩子疤痕累累的单薄身体。

安琪丽卡死了,最受影响的是希波里特和玛丽亚这对堂兄妹。他们手挽手地漫行在墓地间,和其他的孤儿保持着距离。这会儿他们坐在树底下。爱米丽从远处可以看见他们。玛丽亚抚摸着希波里特的头发,亲他的脸颊,还把自己的手指头放在他嘴里。

参加完葬礼回了家门,爱米丽走过桑蒂身边。此时,他正在起居室里描建筑图,嘴巴咬着铅笔,好像叼着雪茄烟似的,边画边听着他的袖珍收音机。看到爱米丽进来,他朝她喊了一嗓子:"嗨,怎么样啊?"

爱米丽没理睬他,径直从他身边走过去,上楼进了自己的屋子。刚打开门就蓦地一惊,双手按在胸口上。床上有三朵玫瑰,摆成了个"A"字——安琪丽卡名字的第一个字母。桑蒂刻意为之,爱米丽却想,这样摆放让她的床看起来像个坟墓似的。

小心翼翼地捏着玫瑰枝的底端,注意不让茎上面的刺扎着自己,爱米丽把玫瑰丢在垃圾桶的边上。她心里迷乱不已,不知道这是吉兆还是恶兆。她不想原谅他。

屋子里,晚上的东西还没有收拾,卧室里一片狼藉。桑蒂的毛衣搭在椅子上,桑蒂的鞋,肯定是踢掉而不是脱掉的,此刻躺在她的床下面。梳妆台上有一瓶龙舌兰酒,床头柜上有两只小的烈酒杯。她的长筒袜和丝绸外衣也扔在椅子上。

屋子里有股甜瓜和米汁的味道。

昨天夜里的对谈似乎还回荡在屋子里:堂表亲。是的,是的,我知道。查尔斯·达尔文娶了表妹爱玛。阿尔伯特·爱因斯坦的第二任太太是他的堂姐。是的,是的,我知道。维多利亚女王嫁给了表兄,欧洲人表亲通婚不乏其人。美国有二十四个州禁止堂表亲结婚。是的,是的,我知道。雅各娶了两个嫡表妹拉结和利亚。是的,是的,我知道。以撒和利百加也是表兄妹。罗马天主教堂反对堂表亲通婚,只是给贵族家庭以特权。堂表亲。是的,是的,我知道。远亲。族亲。血亲。近亲结婚的孩子笨。是的,是的,我知道。血缘关系。男人不能娶母亲、祖母、女儿、孙女、继母、祖父的妻子、儿子的太太、孙子的媳妇、妻子的母亲、妻子的祖母、妻子的女儿、妻子的孙女,也不能娶姊妹、哥哥的女儿、姊妹的女儿、父亲的姊妹、母亲的姊妹,还有嫡堂表姊妹。女人不能嫁父亲、祖父、儿子、孙子、继父、祖母的丈夫、女儿的丈夫、孙女的丈夫、丈夫的父亲、丈夫的祖父、丈夫的儿子、丈夫的孙子,不能嫁自己的兄弟、兄弟的儿子、姊妹的儿子、父亲的兄弟、母亲的兄弟,还有嫡堂表兄弟。是的,是的,我知道。嫡堂亲。嫡表亲。近亲结婚。是的,我们这些人都是表亲,我相信,因为我们都是亚当和夏娃的孩子……不过,我们是走得比较近的堂姐弟,就这么回事。是的,是的。那是猫王埃尔维斯·普雷斯利!

案例

我叫黛布拉·苏·托戈尔，1958 年出生于阿肯色州的小石城。有些话明明我没有说，可偏偏有人说听到我说过。他们说我为了不让小孩哭，拿枕头蒙小孩子的脸，我没说过这样的话。说我对五个小孩这么干过，我根本没有干过。我是无辜的。

有些人说他们听到我在超市买东西时自言自语，说我走在路上的时候自言自语。我压根儿没这么做过。我疯了么我！

有人问我为什么杀人。哦，我说你是永远弄不明白你为什么杀人的。好比饿了渴了，好比想吃苹果，想吃巧克力，想吃就吃了。有时候，只是看看别人的脸，那种欲望就来了。要不就是因为天气，因为累了，因为别的什么事儿。不会有人愿意承认这一点，我却不一样，我承认。

听好了，这是事实。我就知道，外面有不少当太太的，老公出门谈生意去了，她们却打心眼里巴望着老公的飞机从天上掉下来。只是她们不承认罢了，可这都是事实。老婆们数着钱，心里却想着自由，想的是如何把老公的东西处理掉，让家里好腾出地方放她们自己的东西。老婆们会幻想家里没有男人的西装、领带和衬衫，幻想自己丢掉了所有的刮胡刀、剃须膏和牙刷，幻想自己把那些蠢笨的专门用来挂男人外套的大衣架都扔出去了，幻想自己打电话给救世军的人，让他们来拿走东西，拿走男人的东西。

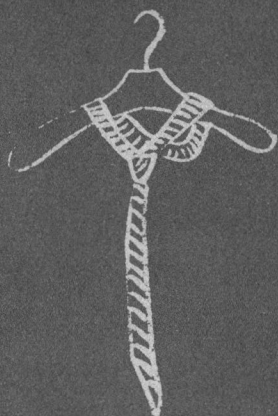

19

探访神灵

爱米丽坐在饭厅桌子旁,看桑蒂埋头描着建筑图。她的两只手,搭在木头桌面上,心里浮想联翩——桌子怎么就会横穿大西洋从英国运到墨西哥来了呢。她脑海里想象着这样的情景:桌子被英国船员顺着斜板从船上搬下来,搬到了墨西哥的韦拉克鲁斯港口,又被装上了火车,运到了墨西哥城。经过几代人的使用,桌子的橡木纹理上已经布满了斑点、刻痕和各种印记。桌子的一角,有高脚酒杯留下的圆痕;另外的一边,不知道是谁用切黄油的刀子在金色的木桌面上刻了个字母"O",也许不是字母,只是个圆圈呢。活了这么久,爱米丽只是食指不断地摸啊摸,从来也没有搞清楚,那到底是个字母还是个圆圈。桌子的中央,一只人工吹制的蓝色玻璃花瓶里,插满了九重葛枝,枝条上绽放出暗粉色的花,打眼看上去还以为是皱纸扎出来的呢。

桑蒂刚冲了个澡,身上穿着蓝色的厚绒浴衣,光着脚丫。桑蒂不喜欢穿鞋,平时一回到家,头一件事就是把靴子、鞋子或是袜子统统脱掉。此时的他,气味清新,身上混合着玫瑰浴皂和薄荷剃须膏的味道。桑蒂说他喜欢在工作之前冲个澡。"这是从奇瓦瓦州带过来的习惯,那边那个热,"他解释说,"只有冲个凉才能让你头脑清醒。"

得克萨斯州那边过来了一群传教士,桑蒂正在给他们设计一所浸信会礼拜堂。两支铅笔夹在耳朵上,贴着他黑色的波浪形鬓发。爱米丽坐在边上,看着他在白色的大纸上画着线。几只厨房里拿过来的苹果姑且充当了镇纸。桑蒂长着雀斑的手很自信地握住尺子和铅笔。

"他们希望风格简朴,一点也不能有天主教味儿。"桑蒂说着喝了口芙蓉花茶。

"没错,我都能想象到,应该是那种带方窗的类似仓库般的建筑。我爸整天抱怨的就是这种东西,"爱米丽说,"他老在唠叨,说建筑师正在毁了这座城市。他说的没错。每天都有漂亮的房子被推倒,原地再建上个丑陋不堪的。他说过一个有趣的故事,说帕丘卡的康沃尔矿工,他们在采矿镇雷亚尔-德尔蒙特建了一座卫理公会教堂,当地的墨西哥人惊讶得不得了,理由是这些外来者竟然把教堂建得这样单调无奇。对天主教徒来说,这简直太没有道理了。"

桑蒂继续描着图,偶尔会抬起头看看爱米丽。他拿起橡皮,擦掉纸上深色的铅笔线条。

"说实话,"爱米丽说,"我还以为我爸听说你是个建筑师后,会把你从屋子里扔出去呢。他讨厌搞建筑的。"

"建筑是这个时代的反映。"

"我同意,"爱米丽表示赞同,"不过,附近的地方可都面目全非了。"

"如果什么都一成不变,建筑师们全都得失业,拿什么养活自己啊。"桑蒂说边伸手拿起一把长长的金属尺子。

"没错,建筑师总是这么说。可是,事实摆在那儿,这座城市的确被建筑师们毁了呀。"爱米丽喝了口桑蒂的芙蓉花茶,接着问道,"你想念奇瓦瓦牧场的工作吗? 你想念那种生活吗?"

"当然想了,有时会去想。不过,那儿对一个孩子来说,太单调了,活得太单调了,"桑蒂咬着铅笔头回答说,"说心里话,你知道我想的是什么吗? 我想的是马。我喜欢那些马,我喜欢驯马。"

"你驯马? 你怎么驯马? 你可从来没跟我说起这个。"爱米丽惊讶地说。"我从来都没有骑过马。"她心想,他们之间还有很多方面,彼此还不了解。

"身体须贴在马身上,这样才能骑好。你得慢慢接近马,跟它说话。我也花了很多时间,待在马旁边,干这个干那个,马要知道你是谁才行。对那些未驯服的马,有时候我什么都不做,只是坐在马槽边看书,日复一日,都是这么过来的。"桑蒂说。

"你说什么,你都跟马聊些什么?"

"小秘密啊。有些人喜欢把马往死里用,喜欢把马驯服到听话。有些驯马师非常野蛮。按我的标准,我爸爸他下手就有点重了。他相信鞭子的力量。"

"为什么要和马聊你的小秘密呢?"

"嗨,也不算是什么秘密。有些人就是很爱保密,只把些私密的事情说给马听,这倒也是实情。我呢,就是想到什么说什么。唱歌吹口哨,有时候跟马说,'你是我的马','你是我的马','你是我的马'。"

"你在那儿肯定会觉得更自在。"

"奇瓦瓦?"桑蒂问,"又干又热,到处都是大黄蜂和马蜂。有时,我会骑马到沙漠里去,那真叫人受不了。太阳升起前出发,天黑前务必赶回来。太热了,屋子里的东西都热得吱吱响。太干了,木椅子啊,木桌子啊,简直都要裂开了。那是种让你永远都无法适应的噪声,晚上尤其恐怖,木头在凉飕飕的空气中收缩,整个房子听起来摇摇欲坠,就像快要倒了似的。我以前有把吉他,差点都裂成两半了。”

桑蒂站起来,一只手拿着银色的金属尺子,边敲打着另一只手边靠近爱米丽。爱米丽以为他要打她。

“你干什么?”她皱着眉头问,后退几步躲开他,“你发神经啊?”

“你说我们俩的嘴长得一模一样,”说话间,桑蒂就面对着爱米丽站好,揽着她的腰,把她拉到自己身边,“让我看看是不是,爱米丽堂姐。我想了解一下你的身体这个建筑啊。哪儿是你的窗子呢? 哪儿是你的天花板和门呢? 哪儿是你的避难所?”

他把冰冷的金属尺子压在她的嘴唇上。

“两英寸半。”他边说边看尺子上的数字。接着,又把尺子放在自己脸上,量了量自己的嘴。

“没错,”桑蒂说,“两英寸半。你说得对,我们俩的嘴一样大。”

“不过味道尝起来不一样吧?”

“是,你的味道像我的手。”桑蒂说着,把两只手指放到爱米丽嘴里。

几天后,爱米丽带桑蒂去特奥蒂瓦坎的金字塔那里玩了一趟。桑蒂在墨西哥最北边的奇瓦瓦州长大,从没有看到过这些金字塔。爱米丽准备玩上一天,为此还专门准备了野餐。

跨出屋门,穿过人行道,上车的这会儿,爱米丽突然想到,这还是他们俩头一次外出。她仰头看了看天,天空高远,阳光普照,她感觉到热,感觉到旁边正在行走的桑蒂。从家门到汽车的这块空间,在她眼里似乎变成一块广阔的田野。

特奥蒂瓦坎位于墨西哥城以北四十公里处,开车需要花上一个半小时。一路上都是烧柴油的巨型混凝土搅拌车、油罐车和大拖车,排放的尾气弄得空气污浊不堪。公交车和成百上千辆私家车排出的则是黑烟和蓝烟。墨西哥的卡车司机喜欢在车子后面涂涂抹抹,一般都是在车牌或后轮的上方。两个人边开边读着卡车上的各种名号。这些名号颇让他们开怀:巨型大老鼠;心脏杀手;老祖母;复仇。

"我们去爬太阳金字塔,"爱米丽边说边驱车开进车流,"月亮金字塔过于危险,台阶陡得不得了,经常有人不小心掉下来,摔得没命了。还是——你真的想两个都爬吗?"

"不想,爬一个就够了。"

上了高速公路后,车跑得顺溜多了。桑蒂伸出胳膊,手搭在爱米丽的脖子上。路边逐渐是一片田野景象,胡椒树、丝兰树和多刺的霸王树并列在路的两边。路旁时不时地冒出一些白色叉叉,标识着容易发生致命交通事故的路段。

"行驶的感觉,离开你爸那个家的感觉,真是不错,"他说,"出城的感觉真是不错。"

"是的。"爱米丽回答。

"在高速公路上开车就是感觉好。我给你唱个歌好不好? 你想让我唱支什么歌呢?"

"我不知道,"爱米丽说,"你会唱什么歌?"

"我能记得好几百首歌呢。老实说,我也没怎么刻意记,只要听到了,好像马上就能记住了。"

桑蒂停顿了片刻,开始轻轻哼唱起来。他的音色很美,每个音符都唱得舒缓,车里一时间充满了他的歌声。一首奇瓦瓦州的革命歌曲,歌名《瓦伦蒂娜》,他先唱了第一段:

爱情主宰了我啊

指引着我靠近你

瓦伦蒂娜,瓦伦蒂娜

我想告诉你……

"接着唱啊。"爱米丽央求着他。

桑蒂继续,哼出那首歌中最有名的一段:

瓦伦蒂娜,瓦伦蒂娜

我跪在你的脚下

如果他们打算明天杀我

我宁愿现在就去死

唱完了,桑蒂对爱米丽说:"很多好听的革命歌曲都是奇瓦瓦州的。好了,该你唱点什么了。"

"我不会唱歌。不过,我会跳舞。你会跳舞吗?"爱米丽问道。她心里又在想,他们彼此之间了解得委实不多啊,倒是彼此的身体熟悉得很快。

"想什么呢?"桑蒂问道,"我当然会跳了,所有的女孩子都想跟我跳呢。"

到了特奥蒂瓦坎,他们泊好车。停车场用红色石子铺就而成,石子都是打碎的火山岩。博物馆的门外是个小市场,里面有几十个摊位,专门卖那些人工吹制的玻璃玩意儿,大多是各种各样的小动物:犰狳、蛇、兔子、长颈鹿和狮子。他们决定穿过去,博物馆也不看了,直接走死亡大道去看金字塔。

桑蒂拉着爱米丽的手走着。"这儿真够干的,好像又回到了沙漠。"桑蒂说。

"就我所知,树林都被砍光了。以前,这座城市里到处都是树,金字塔和金字塔之间都是树林。"爱米丽说,"现在一棵树都看不到了,是不是?"

"这个地方最让我喜欢的一点是没有人看到咱们。"桑蒂说,"嗯,也许有些古老的神灵会看到。"

"你说得对,"爱米丽回答,"不过他们都是些极其残忍的神啊。"

"是吗,你这么想?"他用胳膊搂住她的腰,问道。

"最伟大的神是羽蛇神奎兹尔科亚特尔。有很多关于他的传说,不过最有意思的是那个他陷入圈套的故事。一个血亲乱伦的故事,也是墨西哥的创世神话之一。"

"什么圈套?"

"敌人设计灌醉了他,头昏脑涨中,他诱奸了自己的姐姐奎兹尔帕特亚特尔。待他酒醒并意识到自己的所作所为后,奎兹尔科亚特尔骇怕不已,于是他就自己放逐了自己。他应该是纯洁高贵的,所以他在自责中拼命折磨自己，把身体的好多地方都扎出了血。"

"他姐姐怎么样了？"

"我不知道，传说里没有谈到她。"

到了太阳金字塔脚下，他们沿着从左到右蜿蜒曲折的狭窄台阶向上爬。站在金字塔的顶端，他们俯瞰着远处荒芜干燥的景色，凝视着这个二十平方公里视域内的古代城市——如今遍布着方形的庙宇、广场和居民住宅。

"是不是很神奇？"在金字塔顶上坐下来，爱米丽说，"想想看，那么多的人在这里成为牺牲品，流出来的血成为太阳的食物。从前，祭司通常会披着牺牲者的皮，好像披着礼袍一样。"

"是很神奇，"桑蒂说，"我也略微听说过一些。"

"一想到这些台阶上曾经血流成河，感觉就怪怪的。据说，当时有成百上千只秃鹰就靠这些石头为生。你听说过吗？有些牺牲品甚至是小孩子。当然了，我们不知道的还有很多。考古学家说，在这片土地上，有三种灵魂：一种是心灵，一种是肝灵，一种是头灵。"爱米丽解释说，"我想，最可怕的是，小孩子们遭到拷打，必须哭出声来。据说，孩子的眼泪能让雨神高兴，从而带来降雨。"

"是啊，我听到他们哭了。"桑蒂的手拢在耳朵上，回答道。

"你什么意思？"爱米丽问。

"想象一下，"桑蒂说，"难道你不觉得吗？这是个奇怪的地方。"

圣地亚哥站起身来。脸色苍白。"我们走吧。"说话间，快步朝台阶走去。

"好的，好的，走吧。"爱米丽说。她想去拉桑蒂的手，不过被桑蒂轻轻地推开了。

"别走那么快。"爱米丽看到桑蒂自顾自下台阶，步履散乱，忍不住嚷了一句。"往下走比上来更危险。"她边说边踉踉跄跄地跟着后面。

爱米丽下到金字塔底端时，桑蒂已经走到她前面去了，正沿着死亡大道朝停车场走去。她长喘了一口气，竭尽全力跟着他。心里有些纳闷，他怎么能走得那么快，这么短的工夫，又怎能把她拉下来这么远。她注意到，路是细条形的和小方块的黑曜岩铺成的，几百只红火蚁穿行在古代的泥土里。

几分钟后，爱米丽终于追上了桑蒂，他已经在停车场那里了，这会儿正坐在地上，坐在车影子里，头耷拉在膝盖上。

"你没事吧?"爱米丽上气不接下气地问道。

"没事，"桑蒂仰头看了看她，"我觉得好点了，这儿真是热，太热了。"

爱米丽靠在他身边，手指来回拨弄着桑蒂的头发。桑蒂湿漉漉的头发弄湿了她的手指尖。

"我只是突然觉得不舒服，"桑蒂说，"对不起。"

爱米丽的手指刷着桑蒂的脸颊。"你想喝点东西吗?"她问道。

"不想喝。"桑蒂回答，亲了亲爱米丽的手心，亲了亲手掌的正中心。"我很奇怪，你讲那些牺牲者时怎么能那么平静，"他接着说，"难道不会影响到你吗? 尤其是那些针对孩子的刑罚?"

"那些不过是事实，历史事实。"

"这样回答太冷血了。"他反感地说。

"只不过，只不过是历史。"爱米丽轻声说，好像在自言自语，"当然不是好事,不过牺牲对他们来说是件愉快的事情。"

"这只能说明你没有真正了解历史,"桑蒂说,"我们说话的这会儿,此类的事情依旧在发生,也许算是让我妈妈说准了。她老说我太敏感了。小时候,每次路过肉铺,看到骇人的金属钩子上,挂着剥了皮的牛、猪、兔子的尸身,我就会哭个不停。因为我心里难过,我母亲怕我吓着,回家总是要绕很多条街走。"

"她心肠真好。"爱米丽说。

"是的,不过我父亲认为我太懦弱了。"圣地亚哥站起来,从爱米丽手里拿过车钥匙,打开车门。"我们去吃野餐吧,"说着,他掸掉裤子上的红色火山石灰,"我来开车吧。"

"你真的想去吃野餐吗? 要不我们回家也行。"爱米丽边问边钻进汽车。

"我记得那扇门上挂着个牌子,上面写着'欢庆肉铺'。那个该天杀的肉铺居然叫'欢庆'。"

案例

迈拉·史密斯说:"我他妈的偶像是邦妮·巴克斯特!"

迈拉·史密斯说:"世上最伟大的爱情就是邦妮对克莱德的爱。"

迈拉·史密斯说:"我从来没有找到过我的'克莱德',我现在还在找,我决不会放弃!"

她知道邦妮·巴克斯特的点点滴滴,并在一个皮面小笔记本里记录下所有的感想。迈拉·史密斯还写了一本日记,上面有她直接写给邦妮的话。

迈拉·史密斯的日记

第1页

邦妮宝贝儿,我爱你!你是我机关枪宝贝儿的老婆!你总说你想当个诗人,你就是个诗人!我嫉妒你的爱,嫉妒你小小的身体,嫉妒你五码大的手套。我嫉妒你的蓝眼睛。邦妮宝贝儿,你原本会成为我的朋友的,我确信,你本可以帮我烫头发修指甲的。我们本可以一起美丽漂亮的。

第2页

你和克莱德总是在车后座上干那事儿,一辆福特V-8,比床舒服多了。那不是你跟别人说的吗?

难道你没说过吗?你说在汽车里、树底下、玉米地中做爱,你就觉得那男人是真的爱你啊。

第3页

邦妮亲爱的,你是个诗人。就像我跟你说过的一样。《自杀的莎尔》是有史以来最棒的诗!我最喜欢的句子是:

据说女人的荣光
常虚掷在无赖身上,
但你也不能尽信
她讲出来的,不一定是真的。

这些句子什么意思,宝贝儿? 是不是说对任何事和任何人你都在扯谎? 我真希望我们能够谈谈。

我也喜欢读你的信。

克莱德在韦科监狱时曾经给你写过信,"我嫉妒你,却无能为力。我为什么不能成为你呢? 如果我对你,也像你对我这么甜,你也会嫉妒我的。"

我也嫉妒你。我们本应是姐妹,就你和我。你该让克莱德也亲亲我,当然了,让他亲了你之后再亲我。

第 4 页

如果你爱的是个死人怎么办?

第 5 页

嗨,你们啊,"鸳鸯杀手",粗心的女人,今天我给你们做红豆和卷心菜,你们平时不就喜欢吃这口嘛。

第 6 页

我以前总想,那场车祸,你烧伤得那么严重,几乎要死了,为什么克莱德不买点油膏帮你敷敷腿、胳膊和脸呢? 我本应在那儿保护你的。我知道怎么当个好护士。

邦妮,甜蜜的小女人啊,我爱你。

我希望你是我的妹妹,我的小妹妹,我的小羊羔。

第 7 页

我从来没杀过任何人。到现在还没有。

20

108 页，一个迷失在丛林里的孩子

爱米丽和桑蒂，开了一个半小时的车，经过紫花苜蓿盛开的田野，经过一家很大的啤酒厂，最后开到了一个小镇。小镇上，除了一家侏儒修道院，可以说是乏善可陈。修道院建于 17 世纪，专门收容那些身体畸形的富家子弟。厚厚的院墙里面是个大花园，一条长长的走道，两边散布着几张长椅。主体建筑边上是个墓园，里面净是些小墓小碑，比照孩童的尺寸修建而成。修道院还连带着个小教堂，里面有几间屋子和一个小内院。

"白雪公主的家。"桑蒂边往里走边说。

"真是的，"爱米丽附和着说，"你说得真对。我以前还真没这么想过。"

"给我介绍介绍这地方吧。"桑蒂拉着爱米丽的手，边往里走边央求她，"我运气不错，找了个历史学家当导游。"

"要说建筑，你可比我懂得多。"爱米丽说。

"话说得没错。若说柱子、材料什么的，我是比你知道得多。可你不一样啊，里面住的人是怎么生活的，你比我清楚。"桑蒂说。

"我倒可以跟你说说我的心得。读17世纪的历史时，有一点我觉得非常有意思。无论什么事情，该怎么样就怎么样，人们不会想着去掩饰什么。现在就不同了，人们老是想着修饰美化。当时，建筑物起名都起得粗蛮可爱，名副其实，就像这个，叫'侏儒修道院'。以前，有家医院叫'五病医院'。墨西哥城还有家博物馆叫'奇物展览馆'，"爱米丽解释说，"我早就该去看看了。有个大学同学跟我说，那里有七指人的手骨标本。"

"他们还跟你说什么了？"

"还说，有件展品是个十英寸长的手指甲。"

"历史学家都是些怪物。"桑蒂笑着说。

圣地亚哥和爱米丽必须弯着腰，才能穿过一扇扇矮门，站到小单间里边。小单间以前是修士们睡觉的地方。

"很多人不知道这个地方，"爱米丽说，"这儿太偏僻了。我爸说，我妈以前倒是常来这里。"

"你还记得你妈妈？"

"没什么印象，当时还在吃奶呢。我只记得她涂在脸上的米粉的味道。不过，阿加塔院长说这是不可能的，当时我太小了，根本就不可能记事。我妈妈是个遥远的存在，就像梦一样，想不起来却能感觉得到。"

在一间修士住的黑乎乎的小单间里，圣地亚哥拥抱了爱米丽，亲了亲她的脖子。

"我们该怎么办呢？爱米丽堂姐？"他问。

"我不知道。"

"我不想和你分开。你不走只是因为你爸爸吗？你还担心别的什么吗？如果你爸爸不在了，你会和我在一起吗？我不想和你分开。"

"给我点时间。"爱米丽小声说。

"多长时间，一个星期？"桑蒂问道，脸依旧埋在爱米丽的脖子里。

"一个星期不够，还要长些。"

桑蒂离开她，走到门外的内院里。爱米丽跟在后面。外面阳光灿烂，他们刚从修士黑暗潮湿的小房间里走出来，不由自主地在强光下眯起了眼睛。爱米丽拉着桑蒂的胳膊，走到花园里，找了棵桉树，把毯子在树荫下展开，打开当天上午收拾出来的午餐包裹。

"我今天早晨把图书室里的书翻了个遍。真难想象那些书都是从英国用船运过来的。说实话，最不可思议的是他们觉得那些书非常重要。"桑蒂胳膊肘撑着地说。

"我们的曾祖父喜欢阅读。我爸说，他还送出去好几卡车的东西呢。"

"什么东西？"

"大概是些矿工家里用的被子啊，还有种子什么的。如果到雷亚尔-德尔蒙特去，你会看到不少人家的花园里种着英国玫瑰。英国和墨西哥之间，花的种子来来回回地运送。真不知道英国那边种不种墨西哥植物……"

"那些书你全都读过吗？"

"没全读，不过，至少都翻过。家里也没什么其他的事情可做啊。整天听的不就是翻书页的声音嘛。当然了，幸亏我爸爸，我还学习了很多关于蝴蝶的知识。"

"我的成长经历和你太不一样了。有时候觉得，丢下的东西反而比捡起来的多。"

"阿加塔院长说，我妈妈失踪后，我父亲就像换了个人似的，没了主心骨。院长说，他的皮肤都变黄了，就像书页里夹的幸运草，干巴巴的。"

"我敢说你妈妈没有消失，肯定是发生了什么事情，也许还不是坏事呢。"

"我想我是不会知道了。"爱米丽说。

她递给桑蒂两只啤酒杯和一只瓶起子。

"你看过那些关于讲卫生的笑话书吗?"爱米丽问。

"没注意到。"

"图书室里，有个叫弗兰克·奥弗顿的人，写了好几本关于讲卫生的书。其中一本叫《通用卫生》，还有一本叫《个人卫生》。里面好多段子我都能说。"

"是吗，说说看……"

爱米丽端直了身体，装出一本正经的样子，说:"穿在右脚上的鞋左脚肯定穿不上;衣服着火了，要先躺下来;很多人受伤，是因为踩到了地上的钉子和别的什么尖东西。"

"可以想象，要不是无聊到极点，你才不会去读这些笑话书。"桑蒂笑着说。

"不过，当时读的时候可真吓着我了。我老想着自己的衣服什么时候会着火。还有一本我喜欢的书，叫作《母训百科》，书的前面附有一张版画，旁边有文字说明:'解牛的方法步骤和各部位的烹调要领。'书里面有不少精华，就像这个：'玉米粉中混上碎玻璃可以防止鼠患。'"

"应该是老鼠会吃下碎玻璃吧?"

"应该是吧，"爱米丽附和着说，"还讲到如何才能变得漂亮。里面的忠告那真叫绝，很容易。上面说，简单极了，变得有吸引力的全部秘密在于要让人注意你的下巴。"

"那么，爱米丽堂姐，"桑蒂抱着胳膊斜靠在树上，眼望着修道院的方向，"有没有侏儒的守护神呢?"

"没有吧，就我所知，好像没有专门的侏儒守护神，"爱米丽回答说，"倒是有身体残疾人的守护神，应该是圣伊莱斯。"

"有什么关于他的故事吗?"

"一群猎人追击他，在逃跑过程中，他中箭受伤了。"

"这么说，"桑蒂问道，"你觉得住在这儿的侏儒们要对圣伊莱斯祈祷了?"

"我不清楚。也许吧。他们这么小，也许会向腿有残疾的圣人祈祷吧。"

"什么!"桑蒂叫了起来，一副不相信的样子，"腿有残疾的人还有守护神?"

"当然有了，"爱米丽回答，"他叫塞瓦提乌斯，他还能保护人免受歹徒袭击呢。"

"我真搞不懂你怎么会记得这么多的神灵。你怎么记得的呀?"

"对我来说，他们就像现实生活中的人一样，我觉得我认识他们，就像你毫不费力就能记住歌词一样，我记这些人的生平不太费力。"

"那些故事都不可信。"

"我以前老是想,"爱米丽说,"我爸爸跟我说,他的母亲对听过的歌也是过耳不忘,什么歌,只要她听上一遍,心里就记住了。也许你就是继承了她的这一点……"

　　"我父亲从来没有跟我说过这个。不过,也许是遗传,我爸也是几乎什么歌都会。他甚至还知道不少二战期间流行的小调。"

　　爱米丽铺开那张大塑料袋,把午餐摆了出来。

　　"你怎么能在墨西哥吃那该死的黄瓜三明治①? 太不可思议了!"爱米丽递给他一只盘子,他说道。"还有,"他接着说,"你为什么叫自己爱米丽呢? 你的名字应该叫爱米利亚②。我想,从现在开始,我应该叫你爱米利亚。"

---

① 黄瓜三明治,是英国人爱吃的食物。
② 爱米利亚,是爱米丽的西班牙语称呼。

案例

有人会在你的胳膊上或腿上打上火印，就像打在牛和马的身上一样。

打在牛身上的火印形状有：菱形的 X；正方形的 X；圆形的 X；长方形的 X；摇摆的 X；晃动的 X；颤抖的 X；慢条斯理的 X；飞行的 X；疯狂的 P；懒洋洋的 P；还有颠倒的 P。

烙铁也可打造成心的形状。

冈萨雷斯·瓦雷苏拉姐妹，就是众所周知的瓜纳华多鸨母。她们的名字分别叫德尔菲娜和玛丽亚·德杰西。姐妹俩在墨西哥城的闹市区开了一家妓院，取名"欢乐窝"。

说到这对瓜纳华多鸨母姐妹，有些人说其中一个头上长角，另一个皮肤上长羽毛。

"欢乐窝"里有个刑讯室，姐妹俩在这里折磨那些为她们工作的女孩儿。她们在妓女的前臂上打上火印。有人说那些火印是心形的。几个目击者说，火印是字母，还有人说是数字。没有人说得很肯定。有几家报纸宣称，打火印的事纯属编造，此事从未发生。

院子里面，沿墙是一圈小花坛，里面种满了杜鹃花。花坛成了这对姊妹的私人墓地。一个秘密墓地。警察搜查"欢乐窝"时，用镐头和铲子挖开了院子中央的地面，结果挖出了三百多具女人尸骨。尸骨上明显有殴打和饥饿的痕迹。他们还挖出了孩子的尸骨。他们挖出：极小的、小的、小号的、微型的、矮矮的、细细的、婴儿的大腿骨。

冈萨雷斯·瓦雷苏拉姐妹心里清楚，如果你说某人失踪了，这并不意味着她死了。她们说，很多女孩跑了，只是跑了；失踪了，只是失踪了。不见了，只是不见了。

21

脚把裂缝踩，
妈妈背折断

远处持续几天的隆隆雷声，标志着墨西哥雨季的开始。每天下午，天空变成一片墨绿，紧接着是一场急雨，浇透了粉、蓝、绿、红各种颜色的外墙。偶尔下一场冰雹，人人都得以见识天上掉白冰块的奇观。大雨倾盆的这段日子，雕像会长出绿苔，电会断掉。墨西哥城每户人家的抽屉里都备有蜡烛。

安琪丽卡死后，爱米丽一直没去孤儿院，算算也有一个星期了。安琪丽卡生前，见到太阳就跑，见到灯光低着头躲开。如今，女孩的身影不再，徒有安琪丽卡黑乎乎的房间和小床，爱米丽惧怕那种虚空。

院子里空空荡荡，孤儿院里一片静寂。不知是谁，把一双红色的网球鞋扔在长椅下。椅子边上，还有几把孩子用的扫把、拖布和垃圾筐。

她瞥了一眼高高大大的白杨树。以前，她常常在宽大的树荫下读书给安琪丽卡听。爱米丽还记得，有一缕阳光透过树荫照在安琪丽卡身上,小姑娘扭动着身子老想往她胳膊底下钻。爱米丽记得教给安琪丽卡"冰"这个英语单词。

爱米丽上楼,走到阿加塔院长的办公室,敲了敲门。

"进来,"阿加塔院长喊了一嗓子,"谁呀?"

爱米丽打开门。阿加塔院长正坐在她那张宽大的王位般的椅子上。这椅子她坐了很多年,已经坐习惯了。椅子上套着红色的天鹅绒套,看上去好像给主教准备的似的。爱米丽心里暗想,阿加塔院长看起来真像是个大号的石头神像。

院长正在研读一本日历。日历摊开着放在桌上,挨着一摞赞美诗和一本《圣经》。她手里拿着铅笔,好像一根牙签夹在长手指间。长辫子束了起来,用发卡子盘在头顶,如同一顶王冠。这会儿,她正喝着高脚杯里的米汁。

"你到哪儿去了? 快坐下,"阿加塔院长说,"我正在查下个月神灵的纪念日呢。"

爱米丽在阿加塔院长对面的椅子上坐好。这张椅子几乎承载了她的所有时光。她想到自己在两个扶手间长大的情形,回忆起自己的两只脚耷拉着够不着地的情形。好像突然之间,椅子就和自己的身体熟悉起来,她清清楚楚地知道椅子的曲线和重量。

"有时候我想,这世界上关心神灵纪念日的人恐怕就剩下你了。"爱米丽说。

"不对吧,很多人都关心的。你不是每天都听收音机吗? 早晚不都是要广播神灵纪念日吗?"阿加塔院长说。

"你有最喜欢的神吗?"

"当然有了。所有的神中最了不起的是圣犹大·达太①。你不觉得吗？最了不起的神应该是绝处逢生之神。你知道，杀人犯、抢劫犯和毒贩子总是向他祈祷。"

"找一天我们去一趟圣伊波利托教堂吧，"阿加塔院长又说，"我还从没有去过那里呢，很好奇，想去一趟。"

"好啊，"爱米丽说，"我也没有去过。"

墨西哥城的圣伊波利托教堂有五百年的历史，那里敬奉的圣徒就是圣犹大。每个月的第二十八天，成百上千的信众都会到那里去朝拜他。据说，警察会把教堂内外严密监控起来，因为有很多罪犯会去那里礼拜。

"孩子们都到哪儿去了？"爱米丽问道，"到处静悄悄的，我进来的时候连个人影都没看见。你把他们打发到哪儿去了？"

"郊游去了，去查普特佩克公园的动物园了。你知道，我是想让他们去那儿的，至少一年一次，这样，他们就不会觉得人比动物更优越了。我还给他们想出了个新游戏。我先问他们，自己觉得自己像哪种动物，然后再按照那种动物的样子给自己画张自画像。"

"他们会喜欢的。"爱米丽说，"我想不出希波里特和玛丽亚会怎么说？"

"哦，他们当然知道了。他们说，根本用不着到动物园去比对。希波里特说他是头大象，玛丽亚说她是只袋鼠。"

"太有意思了。看起来他们倒真是挺像大象和袋鼠的……"

"你觉得你像什么动物？"

173

---

① 圣犹大·达太，又称"圣达太"，基督教圣人和耶稣十二门徒之一，但他不是出卖耶稣的加略人犹大。

"我不知道,"爱米丽摸着脸说,"我以前可从来没这么想过。我想想看,我嘛,我觉得我像只小白兔。"

"我是头驴,"阿加塔院长说,"我早就知道了。"

爱米丽忍不住笑起来。

"别笑,爱米丽·尼尔,"阿加塔院长故作严肃地说,脸上却挂着微笑,"我可不是说着玩的。真是这样的,我就是像头驴子。老天造就我就是要让我驮东西的。照看所有的这些娃娃,就像背上背着好几袋子烧火柴。"

爱米丽站起身来,走到床边,看着下面空无一人的天井。从楼上看去,有两只死了的鸟儿躺在树枝间,羽毛是黄色的。爱米丽又往窗户前靠了靠,脸贴到了窗玻璃上。再仔细一看,原来那两只鸟儿是两个芭比娃娃,肯定是哪个孩子扔到树上了。

"孩了们怎么样? 他们很想念安琪丽卡吗?"

"非常想念,我不能否认。我跟他们说,她到天堂里去了,去和她的爸爸妈妈团圆了。这样说,似乎能给他们些安慰。说白了,这些没爹没娘的孩子就只能指望这个了,"阿加塔院长边说边用右手比画着十字。食指弯曲,和拇指形成直角,摆成个十字状。"我的心里头老是出现'慰藉'这个词,但愿我能得到慰藉。"

"安琪丽卡非比寻常。"爱米丽说。

"是啊,每次去厨房开冰箱门时都会想起她。她活着的时候,我每天早上都会拿块冰块给她舔。除了冰块,好像没有她更喜欢的东西了。"

"我前几天还一直在想,你还记得吗? 她曾经想钻到冰箱里面去,根本不知道这样做有多危险?"

"谢天谢地,你发现了她。但她还是走了……"

"好了,跟我说说,下个月你要庆祝什么神的纪念日?"爱米丽边说边离开窗边,重新坐了下来,"是玛丽呢,还是托马斯,还是本尼迪克特?"

阿加塔院长大手一拍,好像拍着两只金色的钹,声音响亮而饱满。

"真不错!"阿加塔院长笑道,"你越来越精通了。"

"还不是多亏了你嘛。"爱米丽回答说。

"好吧,看来我教得不错。这个月,我想把圣托马斯①的故事讲给孩子们听。你觉得怎么样? 当然,我指的是多疑的托马斯,他们会喜欢的——一个怀疑者的故事。托马斯在触碰到基督的伤口之前,根本不相信耶稣会复活。"

"你不觉得有点难吗?"爱米丽问道,"怀疑的内容没那么简单。一个人去触碰另一个人的伤口,你不觉得这会让他们害怕吗?"

"不能太惯着孩子。我才不信那一套呢,害怕是生活的一部分。很多事情都会让我们感到害怕,因为害怕就不说,我才不信那一套呢。"

"你害怕什么呢?"爱米丽问边隔着桌子把身体凑向前,离阿加塔院长更近了些。

"我说不好,我说不出来,找不到合适的词儿来说。你呢?"

爱米丽几秒钟没吱声,手指合十。"我害怕发生在我妈妈身上的事儿。"爱米丽静静地说。

"是的,亲爱的。"

---

① 圣托马斯,是耶稣的十二门徒之一。当耶稣复活,回去和门徒相见时,托马斯要亲手触摸耶稣身上的钉痕,才肯相信主是真的复活了。

"我想，要是我们知道……"

"你还叉着手指呢？"阿加塔院长看着爱米丽，指着她的手指头问道。

"你教我的呀，说是能把坏运气全都赶走。还有什么别的讲究吗？"

"哎呀，太多了。"阿加塔院长笑呵呵地说，"我都忍不住要笑。我母亲教给我的就有：海鸥是死去的水手的魂；脚把裂缝踩，母亲背折断；千万别用刀子搅汤。最后这条是非常、非常不好的。千万别用刀子搅汤。①"

"我从来没踩过裂缝。从来没有。"爱米丽又说。

"我说烟囱，你说烟，说到就做到。"②阿加塔院长唱着游戏中的词儿，"要说人没有这些讲究，那是不太可能的。"

屋子里突然之间就变黑了。爱米丽扭头看了看窗外，又仰头看了看天空。外面传来了雷声，院子里落下了男人拳头大小的大雨点。"你以前见过查尔斯叔叔吗？"爱米丽转过身，面对阿加塔院长，问道。

"没有，我从来没有见过他。他那时已经住在奇瓦瓦州了。我记得，你父母去看过他几次。我只认得你父亲。你妈她，我也只认识了不长时间。我受雇来管理这家孤儿院没多久，她就失踪了。要说你长这么大，基本上都是你父亲和我带的。"

"脚把裂缝踩，母亲背折断。脚把白线踩，母亲脊柱断。真不可思议，这些玩意儿怎么就能让母亲背运呢？无论什么时候，只要走在人行道上，我就搜寻那些白线和裂缝。为了保护我妈妈，我什么都愿做，包括这个。"

---

① 这些都是西方人笃信的不祥之兆。

② 西方人玩拉钩游戏时说说的话。两个人许愿，勾小指头，同时说出这些话，类似"拉钩上吊，一百年不许变"。

突如其来的疾雨，来得如此猛烈，敲打着屋顶和外墙，声音大得让阿加塔院长和爱米丽都听不到彼此在说什么。成千上万的冰雹，小玻璃珠子一样，噼里啪啦地打在窗玻璃上。

"我看到动物园里的那些孤儿了，"阿加塔院长闭着眼睛说，"雨下得太大了，他们都跑着找地方躲雨呢。他们会着凉的。"

爱米丽从孤儿院回到家，雨衣在走廊里挂好，伞在门边放好，慢慢地上楼走向自己的房间。屋子里黑压压的，她伸手去摸楼梯旁电灯的开关，马上就意识到已经停电了。自己的房间里，一切看起来都那么奇怪，那么不同，好像一阵狂风袭击了她的房间，把什么东西都吹乱了。窗户大开着，窗台上、窗帘上全是水，地板上也是一摊水，还有三四片树叶漂浮在上面。

爱米丽站在屋子中央环顾四周。

书桌的几只抽屉拉开了缝，小衣橱的门微微开着，爱米丽还注意到，一只装有铅笔和钢笔的小篮子不见了。梳妆台上，母亲的一张照片也不见了。她给阿加塔院长和孤儿们拍摄的一张集体照也不见了。

爱米丽还发现，挂在镜子边上的一个中国玉坠项链也不见了。

原先摆在屋角、三层高的玩偶屋被人翻得乱七八糟，这还是爱米丽的曾祖父留下来的东西。她发觉，桃花心木做的小床不见了，迷你的捷克小水晶灯也消失了。

站在打开的衣橱前，爱米丽看到自己的衣服和外套胡乱地挂在那儿。还有些空衣架，原先都是挂着衣服的。

爱米丽感觉到，屋子里所有的东西都被人翻检触碰过了。

有人偷走了很多属于她的东西。

案例

他强暴了她，因为他喝醉了。

他强暴了她，因为

"她是我老婆。"他说。

卡米拉奔向破败的花园，

脸颊湿漉漉的，残留着

混有黑酒汁的口水，

从珊瑚刺桐树上

砍下豆荚，

掰断仙人掌上的刺，

捡起几片干薄荷叶。

晚上，她

再次为他泡茶。

褐色的液体

再加两勺糖，

使劲吐口唾沫。

一整天她都在用调料做汤，

汤里搅上碎玻璃碴，

石膏，油漆，

她的头发，以及

剪碎的指甲，

为她的女儿们

配置了如此这般的菜单。

22

"可怕的爱恋"

爱米丽下了楼。起居室里烧着壁炉,父亲靠在壁炉前打盹。房间里有股烧着了的松香味。一本昆虫书摊开着放在他的腿上。炉火的微光照亮了书上的一只淡黄色螳螂图片,也照亮了屋子里所有带银饰的物件——相框、杯子和小箱子什么的。这些东西都是由自家银矿出产的银子打制的。偌大的屋子里,零零散散地摆了不少,在炉火的照耀下,好像几十面镜子一样反着光。

爱米丽进来的时候,父亲醒了。她走过去,在父亲身边跪了下来。父亲抚摸着她的头顶,手慢慢地、慢慢地下移,好像刷子一样梳理着她的头发。

外面沿街叫卖的声音传进屋子。小贩的调门高亢而单调:"修缝纫机啦!修缝纫机啦!"

爱米丽想到桑蒂出其不意吓唬她的情景——或是在厨房里,或者她正往窗外看什么,桑蒂会从后面突然用手臂抱住她的腰,再把下巴颏垫到她的肩膀上。每回这么闹,她都能听到他的喘息声,闻到他皮肤上的苹果味和铅笔味。

"爸爸,"爱米丽问,"桑蒂来咱们家之前你对他了解多少?"

"不了解。说实话,一点也不了解。他出生后,过了好几年我才知道这件事。我只知道家外面有这么一个人……"

"你和你弟弟之间到底发生了什么事?为什么你们失去联系了?"

"真没什么可说的。我们俩始终不太一样,"爱米丽的父亲边回答边往壁炉里添了块柴火。背靠着炉火,站在那儿,停顿了片刻才说,"我觉得,他刻意回避我们的英国传统,他想成为墨西哥人。他讨厌传统。十三岁的时候,他就不说英语了,宁可说西班牙语。我知道,他这么做,让我们的爸爸妈妈很烦心,不过他们还是随他去了。他想干什么就干什么。他离开家,没了踪影,我们也就失去了联系。我们从来没有走近过,也许有那么一段时间,我觉得我们在某种程度上还是朋友,可是我错了。我还去奇瓦瓦州看过他几次,那时,他已经买下了那家糟糕的农场,事实证明就是买错了,原本就买错了。"

"那家农场那么差吗?"

"当然了,我都没跟桑蒂说,那天杀的地方,周围都是不毛之地,看见条蛇和疯狗都稀罕得不得了,这都不知是打哪儿钻出来的。"

"你见过他太太吗?桑蒂的妈妈?"

"我弟弟根本就没告诉过我他结婚了。我还是从阿加塔院长那里知道的,她又是听一个在奇瓦瓦州教堂里工作的人说的。我弟弟过世后,桑蒂的妈妈给我写了封信,说来说去就是这么多。"

"家里人这么天各一方真是奇怪啊。"

"不奇怪,爱米丽,"父亲回答,"不足为怪。这样的事情什么时候都有。有时候一个家庭会变得无比糟糕。有时候我想，家庭可以这么简单地界定一下，家庭就是一个愿望无法实现的地方。太正常不过了。"

"也许，如果他多活几年的话，你们可以修补一下关系……"

"'也许'这个字眼很久以前就从我的词汇表里去掉了。"

"我知道，我知道，爸爸，"爱米丽点着头说，"你讨厌那个词儿。"

"是啊，有些词儿总是让你越来越讨厌它。"

爱米丽回到自己的房间一个小时后，听见桑蒂回来了。她听着他进了大门，听着他上了楼梯。爱米丽稍稍等了会儿，然后径直走向桑蒂的房间。桑蒂的房门大开着，他坐在缝纫机旁，两膝之间夹着手风琴。

"好啊，桑蒂。"爱米丽站在门口说，"我可以进来吗?"

桑蒂抬起头笑了。"爱米利亚堂姐，"他说，"进来吧，进来陪陪我吧。你想不想听我奏上一曲?"

"桑蒂。"爱米丽说着走进了房间，坐在他的床上，两只胳膊抱在胸前，"你今天到我的房间去过吗? 你是不是拿了我的东西?"

桑蒂笑着把手风琴放在椅子边的地板上，捻着手指打出响指来。"当然去过了，"他回答，"我整个上午都在你屋里，家里没别人。我想和你在一起，你不在，我只好看看你的每样东西了。我拿走了我想要的东西。"

"拜托!"爱米丽说。

"还有啊，爱米利亚(记得我从现在开始叫你爱米利亚了)，我找到的那些剪报都是干什么用的呀? 上面都是些谋杀的新闻。太不可思议了……还有那些笔记本，上面记满了各种案例。为什么呀?"

"阿加塔院长帮我剪的，都好多年了，我们剪着玩的。我们讨论这些……"

"修女干这个也太古怪了吧。你不觉得吗？我得承认,我打算把那些玩意都丢掉。"他笑得前仰后合。

"拜托了,桑蒂,你能不能把你拿走的都还给……"她朝他伸出手。

"那些东西现在都是我的啦,"桑蒂打断她的话,"它们可都是我的战利品。你爸爸收藏蝴蝶,我现在收藏你。"

"桑蒂,"爱米丽说,"不管你拿了什么东西,我都想把它们要回来。还有,我不喜欢你在我的房间里到处乱翻。你这样做,跟小偷没什么区别。"

"也许我就是个小偷呢。换个说法,也许爱上某个人就是要把她们偷过来呢,也许爱就像自动售货机。"桑蒂说,"我不会还给你任何东西。你的一切是我的。难道爱不应该是这样的吗？要不你就是那种……"

爱米丽用手捂住耳朵。"我不想听这些。"她说。

桑蒂不再看她,扭头轻轻唱了起来:

我悲伤时她来了

千百个笑让我放松

没什么,她说,没什么

想要什么就从我这儿拿吧

拿什么都行

他假装拨拉着吉他,头发奓拉到脸上。他胡乱地弹奏着空气。"亨德里克斯才知道爱。"桑蒂说。

爱米丽起身走到缝纫机边，手指头拨拉着手轮。手轮转动着。线上上下下地晃动。这最后一卷红线还是母亲失踪之前缠上的。爱米丽小时候喜欢玩缝纫机，却从来没有把那卷红线取下来。

"你不是认真的，对吗？"她说，"你肯定是闹着玩的。我不相信你会对我这么做。"

"闹着玩？我这一辈子还没这么严肃过呢。"桑蒂慢慢地回答，声音很克制。

"你拿的那些东西，你都打算留着吗？你不觉得应该还给我呢？"

"你听也听过了，我说也说过了。"

桑蒂别过脸拿起手风琴。往手上扣的时候，手风琴发出一阵喘息和尖叫。桑蒂的目光落在乐器上，手指迅速地把弄按钮，弹出一连串的音符。

桑蒂没拿眼睛看她，问道："爱米丽·尼尔想要一份平庸的爱吗？爱米丽以为我们是在玩旋转木马吗？爱米丽以为这是个游戏吗？爱米丽以为这是双陆棋、扑克和桥牌吗？"

"够了！别说了！"爱米丽大叫一声，手赶忙捂住嘴巴，"我讨厌那种审问游戏！"

"爱米丽，你现在不是生活在书本里。你以为森林是绿色的，海洋是蓝色的，你错了，不是这样的。你待在那些书本里很快活，可是你现在人在书本外，你不是往书本里走，你是在往我的怀抱里走。"

"我喜欢往书本里走。书本承纳着我，我不会掉下去。书本里的花儿永远不会枯萎。书本里的花儿永远不会枯萎。"爱米丽重复着自己的话，"你读过什么书吗？你从来都没有谈到过书。"

"是没有谈到。不光没有书,我们穷乡僻壤的地方,没有玩具,没有朋友。我的世界里都是无生命的物体;棍子就是蛇,形状宏大的云彩就是神,石头有自己的名字。"

"我父亲是给了我很多玩具,很多小动物,超过你想象地多,可我把它们都送给了孤儿院。我就是喜欢书。书里写的那些怪事,可以让人读上一遍又一遍,读到后来就不觉得奇怪了。倒是你,看起来很奇怪……"

桑蒂低头盯着他的手风琴,演奏了几个小节,阿斯特·皮亚佐拉蒂的《辉煌的探戈》。

"天黑了。我能听到远处的雷声了。"爱米丽起身走到缝纫室的小窗户跟前,望着窗外邻居家的花园,一棵暗红色的九重葛靠着一面墙长着,在午后的日光下磷光闪闪的,"马上就要来风暴了。听听那些鸟儿叫。看看那些飞来飞去找地方躲雨的燕子。我想我最好还是走吧,我去看看窗子是不是都关好了。"

"爱米丽,"桑蒂停下来说道,"难道你不清楚吗?"

她正想走出房间,他一把抓住她的手腕,把她拉向自己。"难道你不清楚吗?"他又说了一遍,"我是想为你做事,帮你熨衣服,帮你梳头发,帮你剥橘子。"

案例

她穿着旁遮普式的白色刺绣莎丽套装。那种样式通常是孕妇才穿的。

她把一个檀香花环挂在他的脖子上,嘴里念着祈祷词:"生为蝴蝶的人都是幸运的。"她跪在他的脚下。总理停住脚步扶她起来。她看着他的脸,闭上眼睛暗自想道,"我是一颗流星,一颗众星中的流星。"她闭上眼睛引爆了炸药。

达努刺杀拉吉夫·甘地的时候,腰上缠着白色的布腰带。腰带里缝着八枚重量达八十克的塑胶炸弹,炸弹里含有两千八百多个两毫米左右的铁丸。

炎热的正午时分,只有六枚炸弹爆炸了。

六是最完美的数字。它有三个真约数,既是其总和,又是其乘积。①

一个六角星,由两个相连的三角形组成,构成了六个角;既是蜂巢的形状,又是雪花的形状。

生为蝴蝶的人是幸运的。

① 完美数,又称完全数,指各个小于它的约数(真约数)的和等于它本身的自然数。6是第一个完美数,它的三个真约数1、2和3,相加等于它自身。

23

更多"可怕的爱恋"

有一天,桑蒂打算修整那个废弃的小花园。修好了就能吸引蝴蝶了,他说,这是他送给爱米丽父亲的礼物。

爱米丽却想,这充其量是他想支配世界的部分冲动罢了。她眼睁睁地看着他把衣服和鞋子丢得满屋子都是,除了父亲的卧室。可以说,家里的每间屋子都被他占了个遍。图书室和起居室,到处都是他摞成一摞摞的书。他喜欢吃喜欢买的水果,像番石榴和菠萝,厨房里的柳条篮子里总是放得满满的。这样的行为举止同样作用在她身上。他喜欢梳她的头发,喜欢为她系鞋带,喜欢告诉她应该穿什么样的衣服。有时候她觉得,他简直把她当小孩子看了。跟他挑明了说,他却说:"啊,是啊,你就是我的小姑娘啊。"

桑蒂费了几天工夫,看爱米丽父亲的书,对蝴蝶颇做了一番研究。他专程跑到几个街区外的一家苗圃,买来几包花土,若干园艺工具,若干彩瓷花盆,若干陶土花盆;还买了很多花种子,有藿香、蓝色搬运草、蝴蝶木、大波斯菊、芙蓉花、一品红、向日花、莳萝、茴香、欧芹、芥菜和野牵牛花。

桑蒂可以说出这些花能把什么样的蝴蝶引到花园里来。"听好了，有这些蝴蝶呢，"他说，"帝王蝶、皇后蝶、大黄蝶、红短蝶、南方大白斑蝶，难道这些蝴蝶不好看吗？"

"好看。"爱米丽应答着，"不过，你要知道，这些蝴蝶我可都认识，我大半辈子都在听人说这些东西。我父亲对这些蝴蝶门儿清，所以呢，这些蝴蝶对我来说一点儿不陌生。"

有一天，一大早。爱米丽的卧室里，她和桑蒂躺在床上。桑蒂说："说来你可能不信，书上说蝴蝶都是有领地的，为这个要干架，要赶跑那些侵犯它们领地的蝴蝶。"

"蝴蝶看起来还是很优雅很温和的。"

"是啊，这只能说明每个地方都有战争，每件事情都能引起争斗。"桑蒂说。他将指尖竖起合拢，摆成个教堂尖塔状。

"它们用什么打架呢？它们用翅膀打架吗？"

"我需要种些产花蜜的植物还要种些适合幼虫的植物，毛毛虫也得有吃的。"桑蒂没有理睬爱米丽的问题，接着说，"我种的这些花草，也给蝴蝶提供了产卵的地方。"

"你还真够认真的呀。"

"我干什么都不会半途而废的。"桑蒂回答，"我父亲以前总说，我一直处于某种挫败状态中，原因在于事事不完美，而我又想着事事完美。"

"我父亲会很感动的。"爱米丽说，拉过桑蒂的手，吻了吻他的手心，"谢谢你。"

"这是我的方式，我希望能为他做点什么。不管怎么说，他根本不认识我，可他还是让我来，让我住下来。"

"他当然会让你住下来啦。你是家里人哪。"爱米丽说。

桑蒂紧搂了她一下，轻轻咬着她的耳朵说："你是我亲密无间的堂姐。你觉得你爸知道咱俩儿的事了吗？"

"桑蒂，他一点也没有起疑。在他眼里，我还是个十一岁大的孩子呢。他看我，眼里看到的都是辫子和头绳。看我的脸，满脑子都是摇篮曲。我爸他到现在还牵着我的手过马路呢。"

他们静静地待了一会儿，晨光已经逐渐透进了屋子里。他们无法再在黑暗中抚摸低语了。已经六点了，他们能看见彼此的脸。

"让我看看你的背。"桑蒂说着，扳动爱米丽的臀部把她转过去背靠着自己。他扯去搭在她腰间的被单，跪在她身旁。过了一会儿，桑蒂说："嗨，我看到她了。"

"看到谁了？看到什么了？你看到什么了？"爱米丽问。

"你还记得我们第一次见面的时候吗？那时，我正在看你父亲的蝴蝶藏品。"

"我当然记得。"爱米丽应答。

她躺着没动，任由桑蒂的一只手在她背上摸索着。"别动。"他说，手摸索着她脊背的长度，从脖颈处一直摸到尾骨处。"啊，"他继续说，"那天晚上，你跟我说到圣芭芭拉，说建筑师有时候会在砖头墙壁和窗玻璃里看到她的身影。"

"那怎么了？"爱米丽问。

"是啊，我现在看到她了。她就在这儿。我能在你的皮肤里看到她的脸。她躺在你的骨头里，左手握着你的心。现在，她正闭上眼睛。她的嘴巴也闭上了,她不说话了。我能看到她右手握着一座小小的塔。"

爱米丽没吭气。她一动不动地躺着,直到桑蒂重新躺下来靠着她。她觉得冷,拉了拉毯子,包住了肩膀。

"为你父亲做点事情挺好的,不过打心眼儿里我还是希望他不在这儿。如果我们单独在一块儿……"桑蒂说。

"会怎么样呢?"爱米丽打断他的话,"你想会怎么样呢?"

"我心里清清楚楚的,我经常想这个问题。我们单独在一块儿,这个家就会变成安乐窝。我们要让蛛网盖住所有的东西,门窗包得严严实实,不让任何人进得来。你出不去别人也进不来。"

"像睡美人一样。"

"是啊,你想会怎么样?"桑蒂边吮着她的食指边说。

"我不知道,"爱米丽回答,"也许我要学一些我从来没想过自己能做的事情。"

"什么事情?"桑蒂问。

"也许我得学会唱歌、编织什么的,也许应该把头发留到膝盖。"

"每天早晚我给你洗澡。"

爱米丽笑了。

"我甚至还想过,我们应该杀了你父亲,"桑蒂接着说,"我做了一个这样的梦。我喜欢去想象和你单独在一起的情景。"

"桑蒂!"爱米丽用手堵住桑蒂的嘴巴,"这样的话,说不好,想也不好,做梦也不好。"

"我只是开玩笑。"桑蒂亲了亲压在他嘴上的手掌。

爱米丽皱着眉头。"我知道。"她说。

他把她的手从自己的脸上拿开。捡起爱米丽的一长缕头发，放在嘴巴里吮吸着。

"那么，"他问道，"有没有蝴蝶的守护神呢？"

"我不知道，"爱米丽应答道，"肯定会有的，每样东西都有守护神。我知道有个神是鸟儿的守护神。"

"跟我说说这个神。"

"圣戈尔是位爱尔兰隐士，生活在7世纪。相传，他曾给一位公爵的女儿驱过魔。当恶魔离开姑娘的身体时，她的口中飞出了一群黑色的鸟儿。"

桑蒂起身穿衣服。爱米丽坐在床边上，胳膊伸向空中。

"我以前老是想，如果我的身体里有只鸟儿，如果我的嘴巴里有只鸟儿，该会是什么样子。"爱米丽接着说，"很奇怪，可小时候，脑子里老会想这些事情。"

桑蒂站在窗前，望着外面。"下小雨了。"他说，"阴天。"

"你有伞吗？我可以借给你一把。"

"我才不在乎淋雨呢，你呢？"桑蒂问道。

"我在乎。"

"你总是善于保护自己，对吗？"

爱米丽没吭声。过了一会儿，她长长叹了口气。"那么，"爱米丽说，"你什么时候跟我到孤儿院去见阿加塔院长呢？"

"你说什么？"桑蒂问道。

"你什么时候跟我去见阿加塔院长？"爱米丽重复了一遍，"她老是跟我问起你，我不知道再说什么好了。能找的理由我都说尽了。"

桑蒂走到爱米丽所在的床边,跪在她面前的地板上。

"你——说——什——么?"桑蒂非常慢地又问了一遍,一字一长顿。

"阿加塔院长,"爱米丽说,"你什么时候去见阿加塔院长?"

桑蒂抓住爱米丽的手腕。

"我是决不会去见那个阿加塔院长的,"桑蒂低声说,声音低沉,像野兽的嘶吼,"绝不! 你难道看不出我讨厌那个修女吗? 那个虔诚温柔的好修女。"

"桑蒂,拜托……"爱米丽挣扎着说,"你这是怎么了?"

桑蒂把她的手腕抓得更紧了,根本不容她挣脱。

"你们都那么道貌岸然,自以为是。你,还有你父亲,都叫我厌烦。殖民地英国人,没有什么比这个更丑陋更让人反感的了。茶放在托盘里。雪利酒。女王。你们那种天杀的自以为是的优越感。"

"拜托!"爱米丽大叫起来,使劲要挣脱出来,"你会伤着我的。"

"你跟多少墨西哥男人干过? 回答我。说:一个也没有。"桑蒂说,握着她手腕的手又加了一把劲儿。

"求你了!"爱米丽又叫了起来,"求你了,放开我。你会弄伤我的。"

"你说了我就放开你。说:一个也没有。"

"一个也没有。"爱米丽低声说。

"我能更让你疼,我能让你哭。"桑蒂说。

他抓起她的手,拉住她的中指用力向后扳,扳向手腕的方向。

"你觉得你比别人强,你觉得你他妈的高贵非凡,还照看墨西哥孤儿呢……难道我们都是没有教养的吗? 我们不善良吗?"他奚落着。

"你要把我的手指扳断了，你要把我的手指扳断了，"爱米丽一边说一边开始哭，"松开！求你了！"

"看看！你都哭了。"桑蒂松开她的手指，"我就想看看你这样。"

"我想，手指已经断了，"爱米丽低头看着手，"我听到里面响了一下。你这是怎么了，桑蒂？"她问，眼泪流了一脸，"你知道你在做什么吗？"爱米丽推开他，可他又握住了她的手腕。"你还想再让我的身体里碎个什么东西吗？"她问。

"这么想就对了。我就是要打碎你，再造出一个你，为了我。我在奇瓦瓦州的牧场里就学会这个了，记得吗？没有一匹我不能驯服的马。"

他用手上下摩挲着她的脸颊，爱米丽的眼泪湿了他的手，他把眼泪抹到自己的脸上。

"我就想看看你这样，"他亲了亲她的脸，"我就想用你的眼泪洗洗脸。美妙透顶。我爱你。"

案例

　　没有人记得她的名字。有些人依稀记得，她的名字好像是个花的名字。不是叫罗丝、维奥莱特、莉莉，就是佩妮。①

　　没有人记得她来自何方，虽然有人记得她说过，她来自北方。

　　没有人记得她有多大，虽然有人认为她至少有三十二岁了。

　　每个人都记得她出生于 1895 年。

　　她的辩护律师为她的案子申请了那种"不可抗拒的冲动测试"。这种测试 1840 年创建于英国，美国在 1886 年加以采用。1886 年，帕特森诉阿拉巴马的案子(编号为 81AL577，或 8541886 AL)，判决结果为精神病辩护创立了附加标准。法院接受精神病辩护，如果他或她能够证明犯罪是由于"胁迫和所患的精神疾病已经使他丧失了判断对错的能力，无法避免错误行为，其原因在于彼时彼刻其自由意志已经丧失"。

　　"不可抗拒的冲动测试"也是众所周知的"警官在身边测试"，这个说法最初是由英国早期法院发明的。换言之，就是当警察站在一边时，被告也会承认自己的犯罪行为，这种行为便被认为是不可抗拒冲动的特征，因为任何神志清醒的人都不会在执法机构的代言人面前承认自己的犯罪行为。

　　每个人都记得她喜欢剪切东西。她有七把剪刀。她在厨房里待上好几个小时就为了切菜和水果。她剪书剪衣服。她剪自己的头发。

　　有些人说，吃东西的时候，她会把葡萄干、葡萄、豌豆切成两半吃。坐着的时候，她的双手会立起来，在大

① 这四个名字都是花名，分别是玫瑰、紫罗兰、百合和喇叭花。

腿上做着切割的动作。她的食指和中指喜欢摆成剪刀状开开合合，好像要剪开周围的空气。

晚宴上，她喜欢拿起刀子，假装要切掉邻座男人的胳膊。

每个人都说，她有不可抗拒的冲动。他们说，就是有一个警官、两个警官、三个警官一直站在她旁边，她也不会因此停止杀人。

割、雕、修、削、剪、切都是她最喜欢的词儿。

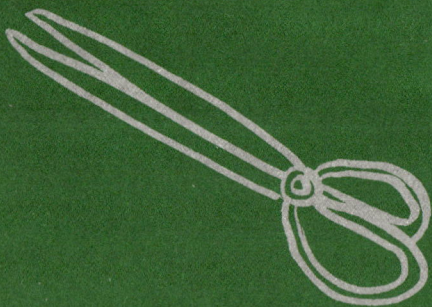

24

阿加塔院长竟然说："我从来没骗过你。不过,我也从来没有跟你说实话。"

这不是阿西西的圣方济各的纪念日,不过没关系。阿加塔院长认为,圣方济各太伟大了,所以每年至少要纪念他两次。从院长刚到孤儿院工作的那会儿,她就开始组织这样的纪念活动,甚至还会请来神甫主持特别弥撒,为小动物们祝福。

后面的天井处,放着几只金属丝编织的笼子,笼子里关着三只豚鼠和两只兔子。上午的时光,孩子们都在忙着给豚鼠和兔子戴花环。黑色的拉布拉多犬,头上也被用发卡别着一圈花环。阿加塔院长还在放在院子中央的鸟笼子上也挂上了一圈花。她许可孩子们给小动物们喂少量的巧克力吃。这是孤儿院最快乐的日子。

中午时分,爱米丽到了。"小日本儿们"正在院子里扎雏菊花环。他们亲密地靠在一块儿,彼此之间容不下太阳的影子。他们告诉爱米丽,阿加塔院长在厨房里,正做着午饭呢。

"她只做了蛋糕,"希波里特说着,放下花仰头看着爱米丽,"因为今天不能吃肉。"

"今天不能吃任何动物的肉,"玛丽亚补充着说,"哪怕是鸡肉。"

"阿加塔院长说,我们今天只能吃蛋糕,不能吃别的东西。"希波里特说。

"是的,"玛丽亚应和着,"吃巧克力蛋糕。"

"那好啊。"爱米丽笑着回答。她把手放在玛丽亚的头上,亲切地摸着女孩的头发。"圣方济各的纪念日里,任何人都不能吃任何动物的肉。你们知道为什么吗?"

"我们当然知道了!"希波里特说。

厨房是个正方形的大屋子,墙上贴着手工制的黄瓷片。许多尺寸不一的陶罐挂在墙上,几串红带子编起来的蒜头挂在炉子上方。房间里充满了新鲜的肉桂味道。阿加塔院长正在炉前忙活着,她要把一大块瓦哈卡巧克力化开。爱米丽走进去,找了张餐椅坐下来。餐椅是明黄色的,涂着红花,已经褪色了。

"那对堂兄妹说你在这儿。真是在这儿呢,我应该猜得到的。"爱米丽说。

"你来我真高兴,"阿加塔院长答应着,用一只大木勺搅动着锅里的巧克力,"你最近来得不像以前那么勤了。"

"我忙着招待圣地亚哥呢,"爱米丽说,"他对这座城市一无所知。我带他到墨西哥城周边转了转。上周我带他去金字塔了,我们还去了侏儒修道院。那个地方让他惊奇得不得了。开始时我跟他说这个地方,他还以为我是编出来蒙他的呢。"

"这么说,你是当了回导游了。"

"没错,真是的。"爱米丽回答。

"你父亲喜欢他吗?"

"是的,非常喜欢。桑蒂在后院的小花园里种了很多花,他想看看这些花能不能招来蝴蝶。他种这些花都是为了我父亲,你说有意思吗?"

阿加塔院长把炉子上的一锅巧克力端了下来。接着,她又从冰箱里拿出一大块香草蛋糕,把它们都放在餐桌上。她在爱米丽身边坐下来,动手把融化的巧克力糊浇在蛋糕上。

"我的天啊,你的手指头怎么了?"阿加塔院长注意到了爱米丽的手。

"啊,"爱米丽低头看了看包着纱布的手指说,"开始时我以为没事的,现在想想,可能是骨折了。"

"你最好去看看大夫。肿了吧? 看样子肿得不轻。"阿加塔院长把勺子放到碗里,拿起爱米丽的手,轻轻摸着她的手指头。

"是,肿得挺厉害,伤得不轻。我缠上纱布,这样手指就不会乱动了。没什么,就是提醒我一下……"

"怎么弄成这样了呢?"

"我也说不好,以前也有类似的事啊,我向后扳了呗,"爱米丽说着把手从阿加塔院长手里抽出来,"蛋糕看起来味道不错。"爱米丽说,用小手指蘸了点巧克力尝了尝。

"你最好还是去看看大夫吧。"阿加塔院长说。

"好的,我会去看的,别担心。桑蒂以为我只是扭伤了,不过我听到咔吧一声响了……"

"说到他了,你为什么还不带桑蒂到孤儿院来呢?"阿加塔院长问,"他干吗还不过来看看? 我真是想见他呢! 你跟他说了吗? 这所孤儿院可是他的家族创建的。这可是这座城市里最古老的慈善机构。你跟他说了吗?"

"我不知道,"爱米丽回答说,"我想他不是很信教,对孩子也不是特别有兴趣……"

阿加塔院长把大木勺子递给爱米丽,上面滴滴答答地还挂着巧克力糊。

"我想你还是喜欢舔勺子吧。小时候你总是想舔勺子。"

"唔,"爱米丽拿过勺子,"当然要了,精华都在这儿!"

阿加塔院长靠回到椅子上,叹了口气。"这真是个特别的日子,"她说,"有时候我想,所有的纪念日里这一天最好了。甚至动物们都知道这对他们来说是特别的一天。我甚至想象着它们互相说着话的样子。有没有意思?"

"是啊,就像动画片《小鹿斑比》里的那样。"爱米丽说着,又舔了一大口勺子上的巧克力糊,"不过,它们实际说的可能是——这位疯狂的修女真是老糊涂了,因为这一天根本就不是我们真正的节日!"

阿加塔院长笑着说:"至少一年里有一两天,我们可以给动物们尊严啊。"

"那倒是。"爱米丽说。

外面突然传来卖苹果的卡车闹出的声响。卡车上安了扩音器,一遍遍地吼着录好的吆喝声：主妇们，主妇们，快来买啊，快来买啊，苹果，苹果，熟透的苹果，便宜的苹果。

"我想今天就不用买了。前两天买的还剩下好几个呢，"阿加塔院长说，"而且，那个人卖的苹果也不是很好。太青了，还没熟就摘了。"

"我总是到土狼区市场上买。"爱米丽说。

"是啊，你妈妈以前也是到那里去买。"

"是的，这我知道。她就是在那里失踪的嘛。去那儿买东西的时候，我老是想到她。"

"爱米丽，"阿加塔院长问道，"我有点纳闷啊，问问你，希望你别往心里去，你为什么不戴你妈妈的那个十字架了呢？"

爱米丽把勺子放到碗里，手伸过去，按着脖子那里。"我只是想改变一下。"爱米丽说，"没什么。别担心。我依然相信上帝。"

阿加塔院长停了一下，把放着巧克力的碗放到一边，双手合十，仿佛在祈祷。"你怎么了，爱米丽？我太了解你了。"阿加塔院长说。她声音柔和，充满善意，追问道："这到底是怎么回事？"

爱米丽用手捂着嘴，身体开始发抖。"我不知道，"爱米丽颤抖着，"太快了，几乎就是一瞬间就发生了。"

"好啦，你知道这样很不明智，真是太傻了，既然这样，把他忘了就行了。"

爱米丽觉得周围都是巧克力的味道，觉得糖稀在她身体里流淌。她擦了擦眼睛。

阿加塔院长握住爱米丽的手，她的一只大手，仿佛一只大大的防烫手套。"别哭，别哭，"她说，"不会太严重的。"

"他也爱我，"爱米丽说，眼睛转向一边看着窗户，"他说他会为我剥橘子皮。他爱我。"

阿加塔院长僵硬地坐着。厨房外面，四五个孩子正在走廊里追逐玩耍。她们能听见冰箱嗡嗡的压缩机响声。

过了几分钟，爱米丽站起身来。"我想我该去帮孩子们装饰供桌了。"她说。

"不用你去，"阿加塔院长说，没有松开爱米丽的手，"你待在这里听我说说。"

"没什么好说的。"爱米丽回答。

"有太多的可说了，你最好听我说。"

阿加塔院长站起来。手搭在爱米丽的肩头，开始说起来。

爱米丽闻得到她呼吸中的燕麦片和葡萄干的味道。

爱米丽闻得到她皮肤上的燕麦片的味道。

扑到爱米丽脸上的是院长急促的呼吸，好像她正在跑步似的。"耶稣啊，圣母啊。"阿加塔院长平静了下来，小声说。

"什么?"爱米丽推开了院长搭在她肩膀上的手臂。

"我从来没骗过你。不过，我也从来没有跟你说实话。我发过誓，决不会跟你说。我信守了诺言。"

爱米丽站起身来，慢慢地走向水槽。一步、两步、三步、四步、五步、六步、七步。她俯身向水槽啐口水。一口、两口、三口，啐了三次。心里想着阿加塔院长跟她说过的欺骗和啐口水的事情。爱米丽用手背擦了擦嘴。

水槽上的窗户居高临下，可以看到内院。爱米丽能看到"小日本儿们"亲密无间地靠在一起,彼此之间容不下太阳的影子。她看到希波里特俯身舔着玛丽亚的脸颊。

"桑蒂知道这些吗?"爱米丽转身问阿加塔院长。她突然感到冷,冷成了石子路上的一粒石头,冷成了长满苔藓的墙壁,冷成了一块冰。她的身体直打哆嗦。

"我不知道。他跟你说过什么吗? 也许他只是觉得自己很不幸。"

"爱能让人觉得不幸吗?"

爱米丽走到阿加塔院长身边,双手抱着她的腰,把头紧紧贴在院长的胸口。她贴得那么紧,紧得能听见院长的心跳。爱米丽觉得,自己就好像抱着一艘大帆船高高的桅杆。

"你一直是我的妈妈。"爱米丽喃喃说道。一片阴云飘过头顶,房间里暗淡了下来。爱米丽看着那片影子暗下来又消失了,说:"请告诉我,我爸爸知道这一切吗?"

阿加塔院长亲了亲爱米丽的头顶,说:"我亲爱的宝贝儿,这么多年来他一直蒙在鼓里。一开始我们也以为她失踪了,后来我们想告诉他真相,但这只能更深地伤害他,还不如说她失踪了。你想象不到你爸爸经受了怎样的痛苦。"

"谢谢你,"爱米丽轻声说,"你说得对,我每天都看着他折磨自己。我们都是这样。我现在该怎么办?"

"我的女儿,上帝是仁慈无比的。"

"你觉得我很不幸吗?"爱米丽站在门口准备离开的时候问道。

"是的,"阿加塔院长回答道,"说实话,是的,你很不幸,可谁不是这样呢?"

案例

全都是零零碎碎,我一辈子听到的全都是这些零零碎碎。我妈她是个女仆,阿拉巴马州人。我生下来的时候,她还是个孩子呢。

我可不知道为什么是这样。

大家都知道我是个杂种。这种事不好明说,可事实摆在那儿。

生命中能记住的那些事挺有意思。我记得大人第一次允许我倒柠檬汁的情形。

二十岁那年,我成了个洗衣妇。在别人家里干活,我知道了各种各样的事情。比如,看到富人怎么对待宠物,又看到他们怎么恶劣地对待仆人。比如,给小猫小狗喂的是放在瓷盘子里的好肉好饭,给仆人吃的却是放在破碗旧盘里的博洛尼亚香肠三明治。

我真的不想四处宣扬我受的那些苦。

离开某个人家,我总是假装自己要回家了,其实心里明白根本不是那么回事。我不喜欢吵吵闹闹,我不喜欢解释,也不喜欢为了留下来就苦苦哀求人家。我会说再见吧。我会说明天见。我说我明天会回来的。

我真是恨那些人。他们老是叫你的绰号,好像你没有自己的名字似的,好像他们给你起了个名,你就是他们的一样。有些人叫我小饼干,叫我花瓢虫。我还恨他们送我旧东西,都是不要的东西,二手旧货。他们还以为你应该感激他们。我拿着那些旧货,走到大街上,看到第一个垃圾箱,就把它们全都扔了。

我喜欢什么东西都整整齐齐的,把一切都洗得干干净净真是让人高兴。我还要熨烫。如果你帮人家洗衣服熨衣服,那么,他们家的生活就一览无余。我是说,洗衣妇洞晓所有的秘密。

我知道怎么烫平各种各样的领子,像蝴蝶结领、海军领、披肩领、大樽领、立领、宽翻领和细翻领之类的。有一位夫人的衬衫是带领圈的,领子上有一圈小褶裥花边,漂亮极了,那可真是难熨平。

我有个丈夫,可我都懒得想到他。我们住在一间小平房里。他对我了如指掌,刚开始,彼此相处得还不错,那人长得挺帅的。可是后来,他就觉得我什么都应该听他的,全天候等候他的召唤。我听他的,他倒是真的很好。就像我说的,他对我是了如指掌。

不过,他有所不知,我内心深处,他是很难看透的。有一天,我真是受够了,受够了就顺理成章了。有一天,我记得是个星期二,我拿起一个大铁锅砸在他头上。我再也没去想过他,不过,我倒是把那个铁锅给扔了。杀了人的锅是不好再用它做饭的。

你要问了,干吗用铁锅啊?是这样,边上有什么就用什么了呗。如果当时手边上没那个铁锅,那家伙没准还能活到现在呢。

我想都懒得想这件事。

"也许这个世界没他更好。"我跟自己这么说过。我问过上帝,我该不该杀了我的丈夫,他说行啊。我听到他小声这么说来着。我就没再问第二遍。

好玩的事儿还在后面呢,根本就没有人问个所以然。我埋了他,就这么着了。过后我还想了段时间,我想,好嘛,对其他人来说,不过是又死了个黑人而已。我还想,没准所有的女人都把自己的黑人丈夫杀了,指不定白人心里有多么乐呢,还不得在监狱里给你发个奖章什么的。有时候很难想到这些,可能都是些胡思乱想吧。还有,对了,没准大家都相信我的话呢,我说他坐在那儿,坐着坐着就死了。

25

她在花上走

爱米丽离开孤儿院,直奔土狼区市场;别人对她说过,那是她母亲失踪的地方。她穿行在水果摊、蔬菜摊、干辣椒摊、粮食摊和调料摊中。市场里的味道很冲,孜然、牛至、玫瑰花、巧克力的味道混在一起。远处的角落里,拉手风琴卖艺的声音依稀传来。

爱米丽站在卖针头线脑的杂货摊前,看了看摊位上的钩针、毛衣针、丝带和花边。这是人们最后一次看到她母亲的地方。她还记得警察的记录:卖黑线给爱米丽母亲的那个女孩说,她哭了,边哭边擤鼻子。女孩问她:"出了什么事?"爱米丽的母亲回答说:"我快要变成碎银子了。我手臂上打着925的印记。我要离开女儿,我要离开丈夫了,没有我,他们俩会过得更好。丢下女儿不管,不会有人原谅这样的母亲的。我就像《海的女儿》中的美人鱼,我的两条腿就要变成一条尾巴了。我必须到海里去,要不就得死了。"

爱米丽继续往前走,在一家摊位前停了下来。小时候,她在这儿买过迷你篮子、迷你扫帚、迷你椅子和迷你茶具。还有一家摊子卖混凝纸做的皮纳塔星星和动物①,她也在那家摊位前驻留了片刻。

她穿行在外面设了摊的铺面中,铺子里的小孩衣服摆到了街上。铁质衣架上,还挂着不少化装舞会的专用衣。小红帽、米老鼠、仙女、弗拉门戈舞者、夏威夷舞者、墨西哥革命党、白雪公主,还有一个印第安人。

小时候,爱米丽觉得,母亲就在市场里,终有一天,她会从那些芒果、蕾丝和皮纳塔玩具中现身。

爱米丽离开市场往家走的时候,经过紧挨土狼区里的那个街区教堂。教堂有上百年的历史,外面是高高的石头墙。如今,石头墙上满是涂鸦之作。有人在上面画了只巨大的蓝绿相间的蝴蝶,旁边还配了文字,拼出来就是:也许就是今天。另有几幅素描,红色喷漆粗乱地喷出来的几只手指向天空。

最后两场雨水,把蓝花楹树和九重葛树上的花朵一并打去,人行道上,满是水淋淋的残花。她在花上走。

爱米丽回到家,先在花园里坐了几分钟,然后才进了屋。花园的地上铺着石块,没有草。一个跳房子、跳绳②的花园,一个没有蝴蝶没有甲虫的花园,一个没有秋千的花园。旧花盆里开着一盆海螺花。一个没有兄弟姐妹的花园,一个没有妈妈的花园。

爱米丽从花园走进厨房间。水槽里放着一大束白玫瑰,用玻璃纸包着。她想,这一大捆最少也有四打玫瑰吧。她走向走廊,上楼,满屋

---

① 皮纳塔星星和动物,这些玩具在拉美非常流行,一般用纸做,有时也用麦秸和其他材料。

② 跳房子、跳绳,都是拉美儿童流行的游戏。

子里都是花儿的清香。

坐在桑蒂的屋子里,爱米丽静等着他下班回家。她一动不动地坐在他的床上,边上是桑蒂闪亮的带着污点的手风琴。她手拿着桑蒂父母的结婚照,看着新娘的脸。新娘黑色的头发梳成长长的发辫,搭在左肩上。桑蒂的父亲站她的身后,手放在她的头上,好像正在祝福她一般。新娘穿着朴素的白衣,手里拿着三朵白玫瑰。她的脸部很暗,看不清楚,桑蒂父亲的影子完全抹去了她的脸,根本辨认不出模样。阴影中,她看起来像块火山玻璃的碎片,像世界初始时的夏娃。爱米丽想,这是场缔结在响尾蛇、狼群和猛犸化石间的婚姻。

半个小时后,爱米丽听到前门开了,听到桑蒂上楼的脚步声。她把照片放回到床头柜上。

"嗨,爱米利亚堂姐。"说话间,桑蒂就走过来了,脱下夹克衫,坐在她身边,"我设计的教堂草稿今天通过了。他们很喜欢我的设计,只是想让我把屋顶再加高一点儿。不过,没有问题,我很快就能搞定了。老天,今天可真够长的,我累坏了。"

"是啊,是啊,真是个好消息。"

"你干什么去了?"桑蒂边问边慢慢地卷起白色棉质衬衫的袖子。

"没干什么,"爱米丽应答,"上午都在孤儿院。我们办了个很大的纪念会。"

"下周就能拿到我的第一张支票了,"他说,胳膊搂着她的腰,把她的衣服领子扯向一边,吻着她的肩膀,"拿到钱,我就带你出去好好吃一顿。你觉得好吗?你想去哪儿吃呢?"

"是,是,应该非常好。"爱米丽回答。

"你看到我的礼物了吗？你看到我的玫瑰了吗？"

"是，是。"

"在哪儿呢？"

"在楼下厨房里。谢谢你，桑蒂。"

"我跟花匠说，要把刺都剪掉。他肯定觉得，这个要求很古怪。我连说了三遍，把所有的刺都剪掉！我不想扎着你的手指头。你怎么老说'是'呢？你怎么了？感觉怪怪的……亲我一下。"

"我只是想，这之前，还没有谁要求花匠剪掉花上的刺……"

"我只是想保护你。"

"是的，我懂。"

"我不知道该给你买黄的呢还是白的。最后，我还是买了白的。我挑的颜色是不是你最喜欢的？好像记得你说过，你最喜欢白色的玫瑰。"

"我好像没说过。不过，没关系。是的，我爱白色的花。"

爱米丽深吸了一口气，转身面对着桑蒂，双手捧着他的脸，看着他的眼睛深处。她捧着母亲的脸。她吻着母亲的脸。她心里想：不见了（Disappeared）。十一个字母。像一枚戒指、一件毛衣、一把勺子那样不见了。消失了（Vanished），八个字母组成的词。像晨雾像露珠那样消失了，消失在魔术师的帽子里。丢失（Lost），四个字母组成的词，丢失在阿拉丁的神灯里。不在（Missing），七个字母构成的词。一天早晨，她醒来。洗澡穿衣。手袋放在沙发上，口袋里装上一百比索。打开水泵，走到市场，买了些水果。没有留下任何字迹。

爱米丽慢慢地轻轻地说了，仿佛梦游者的声音，把上午在孤儿院里阿加塔院长对她说过的话讲给了桑蒂听。

爱米丽说完,桑蒂垂着脑袋,闭上了眼睛。

"看着我,"爱米丽说,"想想我这一辈子,老是觉得我妈妈身上发生了某些可怕的事情,非常可怕的事情,事实上,她是跟我爸爸的弟弟私奔了。多可怜啊,想想我那么为她担忧,担心她吃不饱喝不饱……"

"她很安全。"桑蒂回答。

"我是她女儿,她知道在哪儿能找到我。"

外面传来一个男人低沉的叫卖声:"收旧报纸啦,收废铁皮啦,收破烂了。收旧报纸啦,收废铁皮啦,收破烂了。"

"你知道这一切吗?"爱米丽问道,"告诉我你不知道。求你了,告诉我你不知道。我觉得冷。"

"不,我知道。"他低声说。

爱米丽站起来,离开他。"你让我不舒服。"她慢慢地轻轻地说,"你闭嘴,圣地亚哥。不准看我。"

桑蒂从床上站起来,开始在小缝纫室里来回踱步。

"别那么神经!"他压低嗓门,声音低沉愤怒,"别那么一副高高在上的样子。听我说……"

"你骗我。你们每个人都在骗我。"爱米丽说着,走向装满母亲衣物的小壁橱,打开门,看着一排排挂在橡木衣架上的衣服。"她离开自己的女儿,轻松地就像丢下这些衣服。"她大声说。

桑蒂跪在爱米丽脚边,拉起她的手,紧紧地握着不放。他的前额靠着她的腿。"原谅我。"他说。

"手提箱里装不下我……"

"我怎么也想不到会是这样。我不是有意的。我发誓。"

"这事太可怕了。"爱米丽说。

"不,"桑蒂说,"不可怕。"

爱米丽心里想:"一只黑鸟飞过我们的头顶。我们走在梯子下面。我们用刀搅动了汤。"

案例

　　一个玩笑。一个游戏。所有受害人名字的第一个字母，拼起来就是 MURDER(谋杀)。

　　她们是最好的朋友。好到衣服彼此换着穿。好到头发彼此换着梳。她们彼此，创新出奇异的发型：盘起来的大法国髻；拖在脑后的长辫子或马尾发。她们彼此为对方涂口红。

　　格温多琳·盖尔·格雷厄姆生于 1963 年，凯瑟琳·梅·伍德生于 1962 年。她们俩认识还是在疗养院工作的时候。两个人都喜欢收藏纪念品：手绢、胸针、假牙、戒指和手表。

　　1987 年第一季度，四十个病人死了。一个玩笑。一个游戏。她们俩儿都喜欢对唱《妈妈，我可以吗？》这首歌。

　　　　妈妈，我可以跳舞吗？
　　　　可以，当然可以。
　　　　妈妈，我可以唱歌吗？
　　　　可以，当然可以。
　　　　妈妈，我可以杀人吗？
　　　　可以，当然可以。

26

穿上他的衣服

　　清晨三点。为了不惊动桑蒂，爱米丽悄悄溜下了床，没穿衣服。暗夜的空气让她觉得冷飕飕的。踮着脚尖走到房间的尽头，拿起桑蒂搭在她梳妆台椅子上的衣服。先穿上他蓝色的亚麻裤子，扣好腰间的皮带。裤子和皮带在臀部那儿松松垮垮的。接着，穿好他的白衬衫，没打算扣上扣子。光着脚穿上他的鞋。她小心地走着，免得鞋子从脚上滑脱。裹在桑蒂的衣服里，胳膊处依稀还能感受到他的体温。他的衣服，闻起来有股柠檬的味道。

　　爱米丽顺着桑蒂房外的走廊走，经过墙上挂着的那些英国城堡的画，经过她父亲的房间，悄无声息地下了楼梯。她感觉得出，桑蒂的凉丝丝的鞋皮里面，自己的脚的存在，她的脚下是桑蒂的脚形。他走到哪儿，她就走到哪儿。

　　黑暗中的厨房里，她从窗台下的大盒子里摸出了一根火柴，卷起桑蒂衬衫的衣袖，划亮了火柴，点燃了炉火。房间里充满煤气炉发出的淡蓝色的光。她在水槽里洗了洗手，又擦干了手，用的是桑蒂的裤子。

爱米丽打开厨房的抽屉。

抽屉里有：

切片刀

去骨刀

火腿刀

切肉刀

切柚刀

面包刀

厨用刀

牡蛎刀

水果刀

她拿出厨用刀和牡蛎刀。

两只手，各拿一把。

刀子并不沉。

爱米丽亚想起圣徒普拉西德。想起他可以战胜恐惧。

案例

　　她说,你身上的血就像温暖的新雨——雨季里的
晨雨。

　　她说,母亲知道,有些事情值得你去杀人,去坐牢,
就像被人欺骗,被人啐口水。

　　她说,你身上的血就像温暖的新雨——雨季里的
晨雨。

　　她热爱读书,因为她说过,你可以在书中杀人,可
以在书中迷情,在书中旅行,在书中造访沙漠。

　　她说,第4页会非常安静。

　　第34页会有巡夜人夜里的喊声。

　　第108页,一个孩子迷失在丛林里。

　　第204页,一个爱之夜,一个恶作剧之夜,一个被
狼吃了的夜晚,一个穿着水晶鞋的夜晚,还有还有还有
还有还有……

图书在版编目(CIP)数据

迷药/(墨)克莱门特(Clement，J.)著；匡咏梅
译.—杭州：浙江文艺出版社，2013.3
ISBN 978-7-5339-3593-1

Ⅰ.①迷⋯　Ⅱ.①克⋯②匡⋯　Ⅲ.①长篇小说-墨
西哥-现代　Ⅳ.①I731.45

中国版本图书馆CIP数据核字(2013)第025911号

原书名：The Poison That Fascinates
作者：Jennifer Clement

版权合同登记号：图字：11-2009-67号

迷药

作　者：〔墨西哥〕詹妮弗·克莱门特
译　者：匡咏梅
责任编辑：曹　洁　郭贤路
特约策划：尹晓冬
装帧绘图：友　雅

浙江文艺出版社　出版发行

地址：杭州市体育场路347号
印刷：山东临沂新华印刷物流集团
出版日期：2013年3月第1版　2013年3月第1次印刷
开本：889毫米×1194毫米　1/32
字数：149千字
印张：7
插页：6
书号：ISBN 978-7-5339-3593-1
定价：**29.00元**
(如有印、装质量问题，请寄承印单位调换)